Eliane Schierer

LES ENQUETES DE SMITH ET HARD TOME 4

MEURTRE AU MAGASIN DE VETEMENTS AC CLOTHES SHOP
suivi de
MEURTRES AU GOLDEN GOLF CLUB
puis de
MEUTRE AU LABORATOIRE AMANO

Books on demand

1

MEURTRE AU MAGASIN DE VÊTEMENTS AC CLOTHES SHOP

Résumé

Ben Salomon, le propriétaire du magasin de vêtements *AC CLOTHES SHOP* est retrouvé assassiné tôt le matin par son épouse Sara. Qui avait un motif pour le tuer? Est-ce qu'un concurrent lui en voulait ? Est-ce un drame familial ? Ou bien faut-il analyser au peigne fin son passé ? Est-ce que la victime menait une double vie ? Connaissait-il son agresseur ?

L'autopsie révélera que l'assassin s'est acharné sur Ben à l'aide d'un marteau.

Nos enquêteurs Arthur Smith et Robin Hard résoudront une fois de plus cet homicide avec courage et ténacité.

Arthur et Robin étaient dans leur bureau. Il était 8 heures, fin septembre et les journées commençaient à baisser en clarté.

— Alors as-tu passé une belle soirée avec Roberta, Robin ?

— Oui, j'ai cuisiné.

— Bien, et qu'as tu concocté pour vous deux ?

— Un coq au vin avec des tagliatelles, salade et haricots.

— Hum, c'est pas mal, dis-donc, elle en a de la chance !

— Je me suis acheté un livre de cuisine, c'est plus facile.

— Et vous qu'avez-vous fait pendant le week-end ?

— Clay a joué au football. Nous sommes allés le voir samedi après-midi. Le soir nous sommes sortis pour manger une pizza. Dimanche, j'ai aidé Béatrice à la cuisine. Abbigail était dans ses révisions et Clay dans ses dessins.

Soudain le téléphone sonnait.

— Oui, Arthur Smith à l'appareil. Où cela ? Bien, nous serons chez vous dans un quart d'heure.

— Qui était-ce, Arthur ?

— Sara Salomon. Son mari, Ben, le propriétaire de *AC Clothes Shop*, a été assassiné. Je vais prévenir le commandant Alistair et l'équipe scientifique

Cinq minutes plus tard Arthur entrait dans son bureau.

— On y va Robin ?

— J'arrive !

Arthur gara sa voiture en face du magasin de vêtements sur un parking public. Une petite femme assez frêle se tenait sur le pas de la porte. La police scientifique arriva au même instant.

— Bonjour Madame Salomon, voici mon collègue Robin Hard, je suis Arthur Smith de Scotland Yard. Nos sincères condoléances.

— Venez, fit la pauvre en sanglotant, il est là derrière !

Ils la suivirent. Son mari Ben était couché derrière le comptoir de vente. Du sang coulait le long de son front et de son crâne. Le meurtrier ne l'avait pas épargné !

— Vous n'avez touché à rien , c'est une scène de crime ?

— Non je ne l'ai pas touché, mon, Dieu, quelle horreur. Qui a pu faire une chose aussi abjecte ?

— Bonjour Arthur, bonjour Robin, s'écria l'équipe scientifique.

— Bonjour tout le monde ! Le corps est ici.

— Bien, allons – y, rétorqua Mary, la médecin légiste.

— Je vais appeler Madame La Procureure Wingdale. Décidément, les meurtres à Londres ne déclinent pas !

— Allô, Madame La Procureure ? Oui c'est Arthur Smith à l'appareil. Nous avons un nouveau meurtre sur les bras. Le patron du magasin de vêtements *AC CLOTHES Shop* vient d'être assassiné.

— Bonjour Arthur. Malheureusement les assassins ne s'arrêtent jamais. Venez, je suis au palais de justice. Je vais informer Ray Melchior. Il vous sera utile comme d'habitude.

— Merci oui, la brigade financière nous décharge bien. Le temps de poser les questions à la famille et aux employés et nous arrivons.

— A tout à l'heure Arthur ! Je suis là jusqu'au soir !

— Merci !

— Alors Mary, quelles sont tes premières conclusions ?

— D'après la rigidité cadavérique, Ben Salomon a été assassiné entre cinq et six heures du matin ! L'arme est un objet contondant ! La victime ne s'est pas méfiée, je suppose que Monsieur Salomon connaissait son assassin. Quelle boucherie, le pauvre homme. Je pourrai vous en dire plus après l'autopsie.

— Merci Mary.

— Alors Roberta, Alan, avez – vous découvert quelque chose ?

— Hélas, nous venons tout juste de commencer à relever les empreintes. L'arme du crime est absente, ce sera difficile, fit remarquer Alan.

— Et si vous fouilliez les poubelles de l'immeuble ? Le tueur a peut-être commis une erreur ?

— Hum, ce serait vraiment un débutant, s'exclama Roberta. Soit, on peut le faire, pas de problèmes, tu viens Alan ? Nous examinerons également la maison dès que la perquisition sera signée par Madame Wingdale.

— Madame Salomon, pourrions-nous vous poser quelques questions ? Je sais que ce n'est pas le moment, mais cela nous permettrait d'accélérer l'enquête.

— Oui, je comprends, venez dans notre bureau

Sara était une femme d'une cinquantaine d'années. Quelques cheveux gris parsemaient une chevelure noir corbeau. Ses yeux étaient embués par les larmes.

— Est-ce que vous avez entendu ou vu votre mari quitter votre chambre à coucher, tôt ce matin ? demanda Robin.

— Non, je vous avoue que je prends des somnifères, mis à part le réveil à 6 h 30, ou l'aboiement d'Innu notre petit chien, je ne me réveille que très rarement avant.

— Bien, s'exclama Arthur.

— Est-ce que votre mari avait des ennemis, des concurrents ?

— Vous savez, nous sommes dans le quartier de *Stamford Hill* et notre clientèle est issue des milieux *Hassidim* et *Harredim*.

— Expliquez-nous, s'il-vous-plaît, Madame, demanda Robin.

— La plupart des vêtements sont plutôt des habits traditionnels. Nous n'appartenons pas à cette communauté, mais il faut bien que ces personnes s'habillent. Nous nous approvisionnons à Tel Aviv. Nous avons également un rayon d'habits modernes ; notre petit commerce marche bien.

— Merci Madame pour cette clarification.

— Et pour répondre à votre question, non, il n'y a pas de concurrents jaloux. Je ne vois pas qui aurait pu avoir une raison valable pour tuer mon époux. Il était toujours respectueux envers tout le monde.

— Est-ce que l'on pourrait avoir une liste avec les noms de vos employés ?

— Oui, ils sont dans le réfectoire.

— Ils s'appellent : Bill Hunter, Maria Mac Laine et Stella Caruso.

— Vous n'avez pas de personnel juif qui travaille chez vous ?

— Non, nous sommes des juifs – orthodoxes modernes, nous nous sommes bien intégrés en Angleterre. Nous ne rejetons pas notre culture, mais nous nous sommes adaptés.

— Mais cela ne génère t-il pas de conflits avec les ultra – orthodoxes quand ils viennent s'habiller chez vous ? Comprenez-moi bien, j'essaie tout simplement de trouver un motif pour l'assassinat de votre époux, rien de plus ! expliqua Arthur.

— Mais non, nous ne sommes pas ici pour nous disputer avec eux. Chacun a droit à son opinion. Nous vendons simplement des habits, c'est tout. Nous ne parlons ni de politique, ni de religion.

— D'accord, c'est une bonne stratégie et c'est tout à votre honneur.

— Avez-vous remarqué des changements de comportement de votre mari ?

— Non, mon mari était comme d'habitude.

— Avez-vous des enfants Madame Salomon ?

— Oui deux, Ariel et Esther.

— Pouvons-nous leur parler ?

— Je ne sais pas si c'est une bonne idée, ils sont bouleversés par la mort de leur père.

— Je regrette, répondit Arthur, mais malheureusement, nous ne devons négliger aucune piste.

— Mais quel serait le lien entre mes enfants et l'assassinat de mon mari ?

— Madame, c'est ainsi que nous procédons, nous devrons les interroger en tant que témoins pour les éliminer de la liste des suspects. Ensuite vous viendrez avec eux demain matin à 9 heures chez Scotland Yard pour signer votre déposition, merci.

— D'accord, nous y serons. Je vais appeler mes enfants, ensuite notre personnel sera à votre disposition.

Quelques minutes plus tard, la famille était au complet. Esther était habillée d'un jean et d'un chemisier à rayures bleu et blanc. Elle devait avoir une vingtaine d'années. Une paire de lunettes rouges ornaient un nez fin.

— Sincères condoléances, Mademoiselle.

— Merci., maman nous a dit que vous aimeriez nous parler.

— Oui, nous devons vous interroger ainsi que le personnel du magasin. C'est une formalité. Il nous faut absolument découvrir le mobile du crime.

— Que voulez-vous savoir ?

— Aviez-vous remarqué quelque chose quant au comportement de votre père ? Est-ce qu'il était soucieux, irrité ?

— Non, je vous assure que notre père était comme d'habitude. Je ne vois pas qui aurait pu lui en vouloir ! A part, peut-être la semaine dernière j'ai entendu une discussion assez

animée entre mon père et Monsieur Bill Hunter notre chef –
vendeur. Mais je ne puis vous dire de quoi ils parlaient. Cela
m'avait semblé bizarre, car j'ai rarement vu notre père s'agiter
de la sorte.

— Est-ce que vous êtes étudiante ?

— Oui, je fait un *Law Practice Course,* je voudrais devenir
avocate. J'étudie à la *City Universtity of London.*

— Donc, vous ne reprendrez pas le commerce de vos
parents ?

— Non, je confirme, mais quel rapport avec l'assassinat
de papa ?

— Ce sont des questions de routine pour vous éliminer
de la liste des suspects. Quel âge avez-vous Mademoiselle ?

— J'ai 22 ans.

— Merci. Pourriez-vous passer demain matin à 9
heures avec votre famille dans les bureaux de Scotland Yard
pour signer votre déposition, s'il-vous-plaît ?

— Bien sûr, je fais entrer mon frère.

— Bonjour Messieurs !

Un jeune adolescent d'environ 18 ans se tenait
devant eux.

— Bonjour Monsieur Ariel Salomon. Tout d'abord, nos sincères condoléances.

— Merci. En quoi puis-je vous être utile, Messieurs ?

— Avez-vous remarqué un changement quant à votre père, ces derniers temps ? Etait – il plus nerveux, s'est-il querellé avec une personne récemment ?

— Ma sœur a dû vous en informer, mon père s'est disputé avec Monsieur Hunter la semaine dernière.

— Oui, répondit Arthur., nous sommes au courant, néanmoins votre sœur ignore pourquoi ?

— Mon père était un homme bon et calme. Je ne sais vraiment pas ce qui s'est passé. J'ai trouvé que papa était plus irrité ces derniers temps. Il m'a dit qu'il se sentait fatigué.

— Puis-je vous demander quel métier vous choisirez plus tard ?

— Je voudrais être mécanicien.

— Bien, si nous tombons en panne avec notre voiture nous nous adresserons à vous dorénavant.

— Si je peux vous aider, pourquoi pas.

— Vous passerez demain matin à 9 heures avec votre famille chez Scotland Yard pour signer votre témoignage. Merci !

— Oui, bien sûr, au-revoir Messieurs. Trouvez-vite le meurtrier de mon père.

— Nous allons l'attraper, ne vous inquiétez pas. Pourriez-vous dire à Monsieur Hunter de venir, s'il-vous-plaît ? Au revoir Ariel.

— Au revoir.

Bill Hunter entra. C'était un homme d'une cinquantaine d'années. Il avait les yeux cernés et transpirait. Il était blanc comme un linge.

— Bonjour Monsieur Hunter, voici mon collègue Robin Hard, je suis Arthur Smith de Scotland Yard. Pourrions-nous vous poser quelques questions quant au meurtre de votre patron ?

— Certainement, je n'y vois aucun inconvénient. Attrapez-vite celui qui a fait cela, c'est horrible.

— Nous savons que vous aviez eu un différent la semaine dernière avec Monsieur Salomon. Un témoin vous a vu et entendu.

— Oui, je n'ai rien à cacher. Il m'a critiqué quant au rangement des cartons. Je dois dire qu'il avait raison, cela faisait désordre. J'étais préoccupé par la santé de ma femme, elle a un cancer, et j'avais oublié. J'y ai remédié et je me suis excusé. Croyez-moi, il faisait peine à voir les derniers temps, jamais il n'avait été aussi nerveux depuis que je le connaissais. Mais vous ne croyez quand même pas que j'ai supprimé Ben à cause de cette histoire ?

— Nous ne croyons rien du tout, nous devons mener une enquête pour trouver le tueur, répondit Robin. Nous sommes désolés pour votre épouse. Avait-il des ennemis ou des concurrents qui lui en voulaient ?

— Non, je ne vois pas, tout le monde appréciait Ben. Il avait peut-être des soucis, d'où son irritation, soit on ne le saura malheureusement jamais. Nous vendons principalement des habits pour les communautés *Hassidim* et *Harredim,* nous n'avons pas de concurrents ou alors ils ont leur commerce dans une toute autre zone à Londres. Et pour les autres ce sont des vêtements pas trop onéreux que l'on peut acheter même sur le net.

— Bien Monsieur Hunter, ce sera tout, merci de venir demain matin à 10 heures chez Scotland Yard.

— Très bien, à demain Messieurs.

Rentra ensuite une jeune femme d'une trentaine d'années. Elle portait une jupe noire et une blouse blanche.

— Bonjour, je suis Maria Mac Laine, vendeuse.

— Voici l'inspecteur Robin Hard, je suis l'inspecteur en chef Arthur Smith.

— Que pouvez-vous nous dire au sujet du défunt, Monsieur Salomon ?

— Je n'ai jamais eu de problèmes avec lui, mais les derniers temps il avait changé.

— Comment cela ?

— Il était plus agacé que d'habitude. On ne comprenait pas pourquoi ? Quand je lui ai demandé s'il ne se sentait pas bien, il m'a répondu qu'il était très fatigué et qu'il ne ferait plus autant d'heures. Il s'absentait pendant quelques heures, ensuite cela allait mieux. Il avait réprimandé le pauvre Hunter pour du rangement de cartons, or jamais, depuis que je travaille ici Monsieur Salomon n'avait eu un comportement inapproprié envers nous.

— Pensez-vous qu'il avait des soucis d'argent ou avec un concurrent ? demanda Robin

— Je l'ignore, mais une chose est sûre, on voyait qu'il était sous pression.

— Merci Madame Mac Laine pour ces informations ; pourriez-vous vous présenter avec vos collègues chez Scotland Yard demain matin à 10 heures.

— Oui, bien sûr !

— Ce sera tout, merci !

— Bonjour Messieurs, je suis Stella Caruso. Stella était une jeune femme timide d'une trentaine d'années. Elle et sa collègue devaient avoir à peu près le même âge.

— Bonjour Madame Caruso, voici mon collègue Robin Hard, je suis Arthur Smith de Scotland Yard. Nous aurions besoin de votre témoignage en ce qui concerne l'assassinat de votre patron.

— Comment puis-je vous aider, Messieurs ?

— Avez-vous remarqué quelque chose d'inhabituel chez Monsieur Salomon ces derniers temps ?

— Oui, effectivement Monsieur Salomon avait changé. Il s'énervait pour un rien et cela durait depuis environ 3 mois.

— Auriez-vous une idée qui expliquerait son agitation ? Avait-il des ennemis ?

— Non désolée, je l'ignore. Quand je le lui ai demandé, il a dit qu'il était surmené, et que parfois il devait sortir pour se ressaisir.

— Ce sera tout Madame Caruso. Pourriez-vous faire entrer le dernier témoin, s'il-vous-plaît ? Encore une chose, merci de vous présenter dans nos bureaux avec vos collègues à 10 heures demain matin.

— D'accord, j'y serai.

— Bonjour   Madame   Dos   Santos.

Madame Dos Santos frôlait la quarantaine. Elle avait un visage très sympathique. Comme ses collègues, elle portait une jupe   noire   et   un   chemisier   blanc.

— Bonjour Messieurs, je suis choquée par la mort de Monsieur Salomon. Il était toujours courtois avec moi et me respectait. Vous êtes bien de Scotland Yard ?

— Oui, voici mon collègue, l'inspecteur Robin Hard, je suis l'inspecteur en chef, Arthur Smith.

— Avez-vous remarqué un changement quant à son comportement, Madame ?

— Oui depuis un moment il avait l'air absent. Un rien le faisait bondir. Je lui ai demandé s'il allait bien, il m'a dit que oui, donc je n'ai pas insisté. Je ne peux pas vous en dire plus, attrapez vite celui qui l'a assassiné.

— Nous ferons au mieux, Madame. Merci de vous présenter demain matin à 10 heures chez Scotland Yard.

— Au-revoir, à demain Messieurs.

— Tu viens Robin, nous allons de ce pas chez Madame la Procureure pour le mandat.

— Je trouve étrange, Arthur, que Sara ne nous ait pas dit que son mari avait changé.

— Oui Robin, je sais. Mais peut-être que son mari était malade, et qu'elle ne voulait pas l'ébruiter. C'est une raison très simple.   On   vérifiera   après !

Une dizaine de minutes plus tard, nos enquêteurs arrivèrent   au   palais   de   justice.

— Bonjour Madame la Procureure.

— Bonjour Arthur, bonjour Robin. Décidément, les meurtres à Londres ne déclinent pas, mais j'ai une bonne équipe à ma disposition pour résoudre les affaires les plus compliquées. Alors racontez-moi !?

— Monsieur Ben Salomon a été retrouvé par sa femme, le crâne enfoncé par un objet contondant. L'équipe scientifique est un train de rechercher l'arme du crime. Il devait connaître son agresseur car il ne s'est pas méfié. Pour l'instant le personnel du magasin nous a confirmé que Ben avait changé depuis un moment. Il partait de temps à autre et personne ne savait où il allait. Il lui arrivait de réprimander son chef vendeur, Bill Hunter pour des broutilles. Or, son épouse ne nous a pas confirmé ces changements de comportement. Il se pourrait qu'elle veuille nous cacher une maladie de son mari. Nous l'interrogerons une nouvelle fois.

— Bien Messieurs, voilà le mandat. Tenez moi au courant de l'avancement de l'enquête. Je compte sur vous.

— Oui Madame la Procureure, merci.

— Ah, j'aimerai à nouveau être présente quand vous arrêterez le ou la coupable !

— D'accord, Madame Wingdale, mais c'est dangereux. Vous pourriez être blessée.

— Mais j'ai deux bons inspecteurs qui veillent sur moi, ensuite j'ai fait du Judo quand j'avais quelques années de moins.

Je suis ceinture noire, cinquième dan. Théoriquement, je pourrais même enseigner cet art martial.

— Bien, nous nous inclinons Robin et moi, ahahaha ! Nous vous contacterons le moment venu.

— Au revoir ! Messieurs

— Au revoir Madame la Procureure.

— Oh Arthur, je n'ai jamais vu une femme magistrate aussi dynamique et courageuse.

— Oui Robin, mais faisons quand même attention à elle, car sinon, Monsieur le commandant Alistair nous licenciera.

— Oui, je sais, c'était son amie de coeur quand ils étaient plus jeunes, ahahaha !

— Quelle heure est-il ? Mince 13 heures, pas étonnant, j'ai une faim de loup, s'exclama Robin.

— Moi également !

— Viens, je connais une brasserie française dans les environs. On y mange bien pour pas trop cher.

— Bonjour Messieurs, vous désirez déjeuner ?

— Oui si c'est encore possible.

— Certainement, la table sur votre droite vous convient-elle ?

— Oui cela ira. Merci !

— Hum, il y a de bonnes choses sur la carte, remarqua Robin. Je vais prendre une escalope milanaise avec des spaghettis.

— Je prendrai le carpaccio de boeuf avec frites et salade, répondit Arthur.

Une heure plus tard, nos enquêteurs retournèrent chez *AC Clothes*.

— Bonjour Madame Salomon, voici le mandat de perquisition. Pouvez-vous répondre encore à une question, s'il-vous-plaît, s'exclama Arthur.

— Oui certainement.

— Nous avons appris que votre mari avait changé ces derniers temps et qu'il semblait nerveux. Pourquoi vous ne nous avez rien dit à ce sujet ?

— Mon mari voyait un psychiatre depuis plusieurs mois. Je ne voulais pas ébruiter ce problème, c'est tout. Vous comprenez, c'est gênant.

Sara était devenue rouge écarlate.

— De quoi souffrait votre mari ?

— Mon mari était dépressif. Qui vous a dit que mon mari se comportait de manière étrange ? s'écria Sara, visiblement en colère.

— Madame Salomon, nous menons une enquête pour meurtre et nous sommes obligés de poser des questions à toutes les personnes qui ont côtoyé votre mari. L'enquête n'est pas facile pour nous et certainement encore moins pour vous. N'en veuillez pas à ces personnes. Cela fait partie de nos investigations. Pouvez-vous nous donner le nom du médecin de votre mari, s'il-vous-plaît ?

— Oui, c'est le Docteur Peter Hanson, voici sa carte de visite.

— Excusez-moi de m'être emportée de la sorte et surtout contre nos employés. Je comprends.

— Savez-vous où votre mari se rendait quand il quittait le magasin ?

— Non, je l'ignore, Ben était devenu plus secret ces derniers temps. Je ne suppose pas de liaison, car avec les anti-dépresseurs qu'il prenait sa libido s'était modifiée. Je préfère rester honnête. Il me l'avait avoué également. Et si je lui posais des questions il me disait qu'il devait prendre l'air ou aller à la bibliothèque. Je vous avoue que je n'ai jamais vérifié.

— Merci pour votre aide Madame Salomon. Nous vous attendons demain matin chez Scotland Yard ainsi que votre personnel.

Arthur et Robin se dirigèrent à nouveau vers leur bureau.

— J'espère que Sara ne va pas s'en prendre aux vendeuses et vendeurs ? fit Robin.

— Mais pourquoi, ils ont dit la vérité. Il n'y a pas de honte à souffrir de dépressions. Cela peut arriver à tout le monde, Robin.

— Oh elle est très caractérielle Sara. Mais tu as vu comme elle a changé de couleur. Je ne la sens pas Arthur.

— Moi non plus Robin, elle est colérique certes, mais de là à prétendre qu'elle a tué son mari, c'est un peu prématuré. Bon, allons voir le commandant Alistair, ensuite nous rédigerons les rapports pour demain matin.

— Bonjour Messieurs, alors, comment avance l'enquête ?

— Bonjour commandant, nous n'en sommes qu'au début. Nous avons interrogé la famille et les employés du petit commerce. Apparemment, Monsieur Salomon avait changé de comportement d'après ses employés. Sa femme nous a confirmé qu'il allait voir un psychiatre, un certain docteur Hanson, car il était dépressif. Elle ne voulait pas que cela se sache, c'est pour cette raison qu'elle ne nous en a pas parlé de suite. Elle était très agitée quand elle a appris que son personnel nous avait raconté ce que son mari leur faisait subir. Nous lui avons confirmé qu'une enquête n'est malheureusement pas toujours agréable car nous devons trouver un meurtrier ! Par la suite, elle s'est excusée. Oulala, nous marchons sur des œufs en ce moment dans cette investigation. Le mandat de perquisition nous a été remis par Madame la Procureure Wingdale et nos équipes fouillent les lieux. La brigade financière va se charger d'analyser les comptes de la victime et de sa femme.

— Drôle de femme et susceptible par dessus le marché, j'avoue, l'enquête est difficile, je vous souhaite de trouver rapidement le mobile du crime. Je crois que ce ne sera pas de tout repos pour vous deux. Mais je vous fait confiance.

— Merci mon commandant, nous allons nous atteler au travail, car les témoins vont défiler demain matin.

— A demain Messieurs, tenez moi au courant. Si vous avez besoin d'aide, Wilder et Benson peuvent vous donner un coup de main.

— C'est très aimable, mon commandant, si nous avions besoin de renfort, nous n'hésiterons pas.

— Quelle heure est-il ? demanda Arthur.

— 17 heures, répondit Robin.

— Nous aurons terminé vers 19 heures. Je vais appeler Béatrice.

— Et moi Roberta.

— Je pense que nous devrions fouiller le passé de Monsieur Salomon, quelqu'un lui en veut peut-être pour quelque chose qui s'est passé il y a bien longtemps déjà. Nous faisons du sur place avec le présent. Qu'avons-nous appris ? demanda Arthur.

— Ben Salomon avait changé les derniers temps. Il suivait une thérapie chez un psychiatre. Son personnel se plaignait de ses sautes d'humeur, répondit Robin

— Je vois mal quelqu'un le tuer pour des remarques déplaisantes. Je crois que son personnel avait pitié de lui, car ils ne le connaissaient pas sous cet angle.

— Pourquoi Arthur ? J'ai crû que c'est dans le présent de la victime que l'on devait chercher ?

— Non Robin, je pense que cette fois ci, nous devrons analyser d'abord le passé de Ben.

— Bon c'est toi le vieux renard rusé, si tu le dis tu dois avoir tes raisons.

— A demain Robin, bonne soirée.

— A toi également Arthur. A demain.

Vers 19 heures Arthur gara sa voiture au garage de son domicile à la *Tudor Street*. Clay et Abbigail se ruèrent dans ses bras. Soudain, il entendit des gémissements derrière lui. Il se retourna et vit avec stupéfaction un petit chien s'avancer vers lui. Il devait avoir quatre ou cinq mois.

— Papa, s'écrièrent ses enfants, c'est *Marley*. Tu nous avais promis, alors maman a été avec nous au refuge cet après-midi.

— Ne t'inquiète pas papa, nous avons également acheté la laisse, ses croquettes et ses pâtés. Les vaccins sont déjà faits. Nous nous organiserons à tour de rôle pour les sorties. Claudia nous a dit qu'elle nous aiderait.

— Le soir je le sortirai, pas de soucis.

— Pour une surprise c'en est une. Oui effectivement, je vous avais donné mon accord.

— Bienvenu Marley, s'écria Arthur. Mais c'est quoi comme race, les enfants ?

— On n'a pas demandé, c'est un *CDR.*

— Un quoi ?

— Mais un « chien des rues », un bâtard papa, ahahahaha !

— Il t'aime regarde, il est en train de manger tes lacets! s'esclaffa Abbigail.

— Marley, viens arrête, venez les enfants on rentre.

Arthur se baissa et embrassa Abbigail et Clay.

— Papa j'ai fait un dessin pour toi à l'école. Claudia m'a aidé à le terminer.

— C'est bien fiston, tu me le montreras quand on aura dîné, d'accord ?

— Oui. Tu sais maman a cuisiné des spaghettis avec de la sauce tomate et de la salade.

— Hum, j'ai faim, répondit Arthur.

— Nous aussi, hurlèrent les enfants.

Béatrice vint à leur rencontre et prit Marley dans ses bras. Les époux s'embrassèrent.

— Alors mon chéri, comment avance ton enquête ?

— Nous pataugeons, mais tu me connais, je ne désarme pas si vite.

— Viens rentre, tu dois être fatigué, le dîner est prêt. Le chien t'aime ahahaha, il en avait après tes lacets.

— Hum, c'est bon, s'exclama Arthur.

— Béatrice, comment était ta journée ?

— Nous avons eu trois admissions, ce n'était pas de tout repos. Heureusement que Claudia était sympa. Elle m'a fait le repassage.

— Super, une *nany* au top, fit Arthur.

— Alors Clay, dit Arthur quand ils avaient terminé le dîner, tu veux bien me montrer ton dessin ?

— Tiens papa !

— Oulala comme c'est joli ! Alors là je me reconnais, ça c'est Abbigail et là c'est maman ?

— Ouiiiiii.

— Et tu as mis beaucoup de coeurs partout. C'est gentil, merci Clay.

— Arrête Marley, pas sur le tapis, mince trop tard, s'écria Béatrice.

— Ahahaha, il a déjà pris ses marques, répondit Arthur. Attends, je vais t'aider à nettoyer Béatrice.

Le lendemain à 8 heures précises les enquêteurs se

réunirent avec Wilder et Benson pour faire le point sur les dossiers en cours. A 9 heures la famille Salomon vint signer sa déposition. A 10 heures c'était au tour du personnel. Les enquêteurs prirent également leurs empreintes. Soudain, le portable d'Arthur se mit à sonner.

— A, c'est toi Mary. Alors as-tu des informations concernant l'autopsie de Ben ?

— Oui, le meurtrier lui a porté le coup fatal à la tête. Le pauvre homme devait connaître son agresseur et ne s'est pas méfié. Désolée, mais mon équipe n'a pas retrouvé l'arme du crime. Je pencherai pour un marteau ! Nous avons cherché dans toute la maison ainsi que dans le garage et les poubelles, rien. Ah, j'oubliais, Ray Melchior est en train d'analyser les comptes des époux. Il vient juste de commencer. S'il a du nouveau il te contactera.

— Merci Mary ainsi qu'à ton équipe. Nous allons nous pencher de suite sur le passé de Ben, car nous n'avançons pas vraiment sur le présent et sur l'enquête.

— A plus Arthur.

— Au revoir Mary et merci.

— On va voir le psychiatre de Ben, Peter Hanson ?

— Oui, allons-y.

Dix minutes plus tard, Arthur et Robin étaient assis dans le bureau du docteur Hanson.

— Comment puis-je vous aider Messieurs ?

— Nous enquêtons sur l'assassinat de Monsieur Ben Salomon, et aurions besoin de votre aide.

— Quoi, quelqu'un l'a tué ? Vous n'ignorez pas que je suis tenu par le secret professionnel ! Je ne puis rien vous dire.

— Bien sûr, mais dans le cas d'un meurtre cela ne tiens pas, désolé. Si vous ne voulez pas collaborer avec Scotland Yard, nous aurons une dérogation de Madame la Procureure. C'est un délit qui s'appelle obstruction à une enquête en cours.

— C'est bien, j'ai compris. Monsieur Salomon était hanté par un évènement qui s'était déroulé il y a 25 ans. Il était chirurgien dans un hôpital à Londres, à cette époque. Une patiente avait une tumeur au cerveau. Le jour de son opération, Monsieur Salomon a fait une erreur et la victime a fait une hémorragie interne. Sa famille n'était pas au courant. Ses remords lui causaient des cauchemars.

— Et si quelqu'un lui en voulait à cause de son erreur médicale ? Vous a t-il parlé d'une personne qui l'aurait contacté récemment ?

— Non, vous savez, mes patients ne me racontent pas tout.

— Auriez-vous peut-être le nom de l'hôpital où il a exercé ?

— Je crois me souvenir, attendez je regarde mes notes, c'était le *St. Christoph's Hospital.*

— Est-ce que vous pourriez venir signer votre déposition dans nos bureaux ?

— Oui, bien sûr, à quelle heure dois-je passer ?

— A 9 heures demain matin.

— Bien j'y serai, au revoir Messieurs.

— Merci docteur pour votre aide.

— Dis-donc Arthur, quel flair !

— Hum, tu sais Robin, c'est une possibilité, mais ce n'est pas dit que cette piste soit la bonne. Cependant nous devons la suivre. Quand nous aurons éliminé toutes les fausses pistes, il ne nous restera plus que la bonne !

Nos inspecteurs se dirigèrent vers le St. *Christoph's Hospital* et. demandèrent à parler au directeur de l'établissement.

— Bonjour, je suis Christoph Plummer, le directeur de l'hôpital. Vous vouliez me parler. Que puis-je faire pour vous ?

— Bonjour Monsieur Plummer, voici Robin Hard, je suis Arthur Smith de Scotland Yard. Nous aimerions avoir des renseignements sur un chirurgien, Monsieur Ben Salomon, qui a travaillé ici il y a de cela vingt cinq ans.

— Mais, Messieurs, je suis tenu par le secret professionnel. En aucun cas, ni moi, ni les membres de cet établissement ne pourront vous fournir des informations.

— Monsieur Salomon a été assassiné et nous devons mener l'enquête pour retrouver son assassin. D'après les déclarations d'une source sûre, Monsieur Salomon avait fait une erreur et une patiente est décédée par la suite. Nous voudrions voir son dossier. Si vous ne voulez pas coopérer avec la justice, nous irons chercher une dérogation chez Madame la Procureure.

— Non, bien sûr, si c'est ainsi, je vais vous conduire au bureau du personnel. Je suppose que son dossier est aux archives.

— Merci Monsieur Plummer.

— Voici Carol Mac Laughlin, elle pourra vous aider. Carol, auriez-vous l'amabilité de rechercher le dossier d'un ancien membre de notre hôpital. Il s'agit de Ben Salomon. Sortez-nous tout ce que vous trouverez, et essayez de découvrir des informations sur le décès d'une femme qui a été opérée par ce chirurgien.

— Bien, Monsieur le directeur, ce sera fait.

— Merci ! Je vous laisse en compagnie de Carol. Je suis certain qu'elle pourra vous aider.

— Est-ce que vous voulez un café, demanda Carol ?

— Oui bien volontiers, répondit Robin. Est-ce que l'on peut vous aider ?

— Non, merci, cela ira, cette tâche m'incombe. Cinq minutes plus tard le café était servi.

— Voilà, je vais vous laisser, il y a quelques revues ici, en attendant.

— Merci Madame Mac Laughlin.

— Arthur, j'espère que Carol va trouver des informations quant à l'identité de cette personne décédée. Mais cela ne veut pas dire qu'un membre de sa famille se soit vengé vingt cinq ans après.

— Oui Robin, c'est exact. Il se peut que cette femme avait des enfants qui ont grandi maintenant. Pour l'instant c'est la seule piste que nous ayons.

— Voilà Messieurs, le dossier de Monsieur Ben Salomon. La femme qui est morte s'appelait Elisabeth Caruso. Elle avait une petite fille, Stella.

— Merci Madame, c'est très aimable. Pourriez-vous nous en faire une copie ?

— Bien sûr, voici, c'est déjà fait.

— Parfait, nous vous remercions.

— Je vous souhaite de trouver l'assassin de Monsieur Salomon, au revoir Messieurs.

— Au revoir Madame Mac Laughlin.

— Arthur, Caruso, c'est le nom de la vendeuse du magasin, non ?

— Oui, nous allons l'interroger, Robin, mais il se peut que Monsieur Salomon l'ait engagée ayant mauvaise conscience. C'est une piste certes, mais il faudra l'approfondir.

Quelques minutes plus tard nos enquêteurs étaient à nouveau chez *AC Clothes*.

— Désolée de vous importuner encore une fois, Madame Salomon, mais étiez-vous au courant que votre mari était chirurgien il y a de cela 25 ans environ ? demanda Arthur.

— Comment, mais mais…..non, il ne m'a pas beaucoup parlé de lui quand nous nous sommes connus il y a de cela 23 ans. Incroyable ! Je vous prie de m'excuser, je dois m'asseoir.

— Malheureusement, il a eu le malheur de perdre une patiente à cause d'une erreur, et de ce fait, il a démissionné.

— Mon Dieu, et on croit connaître la personne avec laquelle on partage sa vie. Je ne l'aurai pas jugé, on en aurait parlé et c'est tout. Je n'ai pas l'impression que c'était la cause de son état dépressif, mais je peux me tromper.. Je suis désolée, je ne puis vous en dire d'avantage.

— Nous sommes en train de fouiller son passé Madame, et sans cela, nous n'arriverons jamais à un résultat.

— Je comprends, même si la vérité est dure à entendre, je désire de tout coeur que vous retrouviez son meurtrier.

— Nous aimerions réinterroger Madame Stella Caruso., est-ce possible ?

— Oui bien sûr, je vais l'appeler. Vous pourrez l'interroger dans mon bureau.

— Très aimable, merci Madame.

— Bonjour Madame Caruso. Nous aurions encore quelques questions à vous poser. Pourriez-vous nous suivre dans le bureau de Madame Salomon ?

— Prenez-place Madame.

— Mais, je ne comprends pas, pourquoi m'interrogez-vous une seconde fois ? Je n'ai pas tué mon patron !

— Madame Caruso, vous ne nous avez pas dit que Monsieur Salomon était responsable de la mort de votre mère ?

— Non, c'est vrai, je ne croyais pas que cela puisse avoir de l'importance !Je ne voulais pas le salir !

— Bien au contraire Madame, vous aviez un mobile de taille pour le supprimer.

— Monsieur Salomon est venu me trouver pour me proposer un travail, car j'étais au chômage. J'ignore comment il l'a su. Après m'avoir engagée il m'a raconté sa vie en tant que chirurgien et l'erreur qu'il avait faite. Ensuite il s'est mis à pleurer et m'a supplié de lui pardonner. Un jour je suis allée à cet hôpital et on m'a remis une copie du dossier de maman. J'étais représentée par un avocat. J'avais à peu près 9 ans quand ma mère est morte. Je voulais vérifier quelque chose, et j'ai trouvé ce que je cherchais. Elle n'avait pas dit au docteur qu'elle prenait des médicaments pour fluidifier le sang. Je me suis rappelée qu'elle ingérait toujours un petit sachet le matin ; elle m'avait expliqué ce que c'était. Donc vous voyez, je n'avais aucune raison de lui en vouloir. Monsieur Salomon était soulagé.

— Effectivement, répondit Robin, vous n'aviez pas de motif pour l'assassiner. Veuillez ne pas quitter Londres, nous aurions peut-être encore besoin de vous réinterroger.

— Bien sûr, je peux m'en aller ?

— Oui certainement Madame Caruso. Au revoir Messieurs.

— Au revoir Madame.

— Oh, Arthur, on fait quoi maintenant ? Stella n'a rien d'une meurtrière. Bon sang, on patauge, quelle enquête !!!

— Allons Robin, ne t'en fait pas, nous allons de ce pas voir Ray Melchior. On trouvera bien un début de piste. Mais avant je dois reparler à Madame Salomon. Elle doit savoir que son mari n'était pas fautif et que l'erreur venait de sa patiente.

— Que vous a dit Stella, c'est elle qui a supprimé mon mari ?

— Non Madame, Madame Caruso est innocente. C'est sa mère qui est morte durant l'opération que votre époux a pratiqué. Malheureusement, elle avait oublié de préciser à Monsieur Salomon qu'elle prenait des médicaments pour fluidifier le sang. Elle a fait une hémorragie interne durant l'opération, votre conjoint n'a rien pu faire. Stella avait demandé le dossier médical de sa mère.

— Mon Dieu je suis soulagée, s'exclama Sara.

— Je vais voir mon collègue de la brigade financière.

— Il est dans notre bureau, venez je vous y conduis.

— Merci Madame, je vous appellerai quand nous aurons terminé.

— Bonjour Ray, fit Arthur, alors as-tu trouvé quelque chose qui pourrait nous aider ? Je t'avoue que l'on patauge.

— Oui je pense, rétorqua Ray. Ben Salomon a fait de nombreux achats sur le net dans une coopérative qui gère beaucoup de laboratoires. Je me demande ce qu'il était en train de préparer ? Ce n'était pas lié à son métier, c'est étrange !

— Mais est-ce qu'il en avait le droit ? demanda Robin

— Je ne pense pas que son diplôme de chirurgien était suffisant pour ce faire, conclua Ray. Regardez ce que j'ai trouvé. Il avait un badge qui l'autorisait à entrer et à sortir d'un laboratoire. De plus, voyez ces diplômes et autorisations, je les ai fait vérifier par la chambre de commerce, ce sont des faux.

— Merci Ray, je ne comprends pas que ce laboratoire et cette coopérative n'aient pas fait de plus amples vérifications. Nous allons y passer, cela sent l'arnaque. Allons d'abord manger, je sens que mon estomac est plus que vide, Robin.

— Le mien également, ahahahaha. Pas étonnant, il est midi trente.

— Madame Salomon, nous allons déjeuner et reviendrons ensuite.

— Très bien Messieurs, à tout à l'heure !

— Ou veux-tu aller, Arthur ?

— Surtout pas à la cantine Robin, cela me donne la chair de poule.

— On va chez *Mario ?*

— Je suis de ton avis, Arthur.

Le restaurant n'était qu'à cinq minutes de Scotland Yard. De petites tables en bois étaient ornées de nappes à carreaux rouges et blanc.s Des bouteilles de Chianti avec des restes de cire de bougies décoraient les fenêtres. La carte de menu était bien garnie en pâtes, pizzas et viandes diverses.

— Je prendrai une Pizza au jambon et fromage, dit Robin

— J'ai choisi des tagliatelles, sauce bolognaise, suggéra Arthur.

— Alors Robin, dis-moi, cela s'arrange toujours entre toi et Roberta ?

— Oui, je me sens revivre Arthur.

— Cela me fait plaisir de l'entendre, j'en suis ravi.

— Comment cela se passe avec ta petite famille ?

— Oh, la famille s'est encore agrandie. Depuis hier soir nous avons un *CDR*, un « chien des rues », qui s'appelle Marley, et je t'avoue qu'il a adoré mes lacets.

— Ahahaha Arthur, entre l'adoption de Clay et le toutou, on ne s'ennuie pas chez vous ! Mais Béatrice et Abbigail sont courageuses.

— Oui, heureusement que nous avons encore Claudia qui doit nous gérer tous.

— Alors Arthur, que penses-tu de l'évolution de cette enquête ?

— La victime était impliquée dans une histoire assez glauque d'achats de divers produits médicaux d'une coopérative de laboratoire. Nous aurons besoin d'une explication détaillée, car ni toi, ni moi n'avons fait des études de médecine ou de recherche médicale. Après notre déjeuner nous irons leur poser des questions.

Une quinzaine de minutes plus tard nos inspecteurs se

garèrent   sur   le   parking   de   la   coopérative.

— Bonjour, Madame, nous sommes de Scotland Yard, nous aimerions parler à votre directeur, s'il-vous-plaît !

— Bien, je vais appeler Monsieur Clancy. Son bureau est au 7ᵉ étage, première porte à votre droite.

— Merci beaucoup.

— Bonjour Messieurs, prenez place ! Comment puis-je vous aider.

— Bonjour Monsieur Clancy, voici Robin Hard, je suis Arthur Smith.

— Nous enquêtons sur le meurtre de Monsieur Ben Salomon. Le connaissiez-vous ?

— Bien sûr, mais vous m'avez dit «meurtre» ? Qui avait donc une raison pour l'assassiner, c'était un homme calme et jovial.

— C'est justement pour cela que nous devons trouver les motifs du tueur.

— Quel matériel achetait-il? Saviez-vous qu'il n'exerçait plus ?

— Il était chirurgien mais cela fait longtemps qu'il ne pratiquait plus, ajouta Robin. Nous avons fait vérifier ses diplômes et autorisations,   ce sont des faux. Mais de quel laboratoire s'agit-il ?

— Je ne comprends plus rien, décidément ! Il travaillait pour *MEDLABO*, à 20, *Tower Bridge Street !* Il faisait des recherches sur le clonage d'embryons. C'était à eux de vérifier l'authenticité de ces documents. Vous croyez que son assassinat est lié à son travail ?

— Nous ne pouvons pas tirer de conclusions hâtives à ce stade de l'enquête, je regrette, s'exclama Arthur. Nous rendrons visite à ce laboratoire, merci pour ces informations Monsieur Clancy. Pourriez-vous passer chez Scotland Yard demain matin vers 9 heures ?

— Bien sûr, pas de soucis !

Arthur et Robin sortirent du bâtiment et se dirigèrent vers leur voiture.

— Oh Arthur, je me demande dans quoi la victime était embarquée ? C'est grotesque, elle menait une double vie professionnelle.

— Oui Robin, nous approchons du but . Je vais appeler Madame la Procureure pour qu'elle nous prépare un mandat de perquisition pour ce fameux laboratoire. Il est nécessaire que Mary Colins nous assiste car cela touche à son domaine.

— Allô Madame la Procureure, oui nous avançons sur l'enquête. Nous aurions besoin d'un mandat de perquisition pour le laboratoire *MEDLABO*. Salomon travaillait dans cet établissement grâce à de faux papiers. Son travail consistait à faire des recherches sur le clonage d'embryons.

— Quoi, s'écria la magistrate, c'est insensé, j'arrive avec le mandat. Donnez-moi l'adresse, s'il-vous-plaît !

— 20, *Towerbridge Street.*

— Mais Madame la Procureure, nous pouvons venir le récupérer. Cela peut s'avérer dangereux pour vous.

— Ce n'est pas nécessaire, j'arrive et vous allez me retourner la boutique de fond en comble Messieurs. Vous oubliez que je suis championne en sport de combat !

— D'accord, nous vous attendons à l'intérieur.

— Pourquoi souris-tu, Arthur ?

— De l'énergie de Madame Wingdale. Je suis très heureux de travailler avec elle.

— Moi également, cela nous change des vieux magistrats grincheux et arrogants avec lesquels on a dû travailler avant son arrivée.

— Allô Mary, Arthur à l'appareil. Nous aurions besoin de ton aide au 20, *Towerbridge Street*, chez *MEDLABO*.

— Mais qu'est-ce qui se passe là bas ?

— Notre victime travaillait dans un laboratoire et faisait des recherches sur le clonage d'embryons. Il était en possession de faux papiers pour ce faire. Nous aurions besoin de tes connaissances..

— J'arrive de suite Arthur.

Une dizaine de minutes plus tard nos inspecteurs garèrent leur véhicule sur le parking du laboratoire. Ils s'adressèrent à la réception.

— Bonjour nous sommes de Scotland Yard. Voici l'inspecteur Robin Hard, je suis l'inspecteur en chef, Arthur Smith. Nous enquêtons sur le meurtre de Monsieur Salomon. Nous désirons nous entretenir avec votre directeur.

— Bien sûr, répondit la jeune femme à l'accueil, je vais appeler Monsieur Nicholson.

— Veuillez me suivre, le professeur vous attend dans son bureau.

— Bonjour Messieurs ! Vous enquêtez sur le meurtre de notre collaborateur Ben Salomon ? C'est affreux ce qui lui est arrivé !

— Oui en effet, voici Robin Hard et je suis Arthur Smith de Scotland Yard.

— Comment puis-je vous aider ?

— Nous avons fait vérifier ses licences et autorisations, malheureusement, ce sont des faux. Monsieur Salomon était un chirurgien qui a arrêté d'exercer il y a vingt cinq ans. Il était le propriétaire de *AC Clothes*.

— Quoi, des faux, mon Dieu nous avons vérifié, je ne comprends pas ; nous allons devoir fermer le laboratoire.

— Que vous, ou un de vos collaborateurs avez omis de vérifier ces documents est une chose, répondit Arthur, mais de là à devoir fermer l'établissement, je ne pense pas. A moins que vous faisiez des recherches illégales Quel travail lui aviez-vous confié ?

— Il s'agit d'un secret professionnel Monsieur l'inspecteur en chef. Je suis désolé, je ne puis vous répondre.

— C'est d'un meurtre dont il s'agit, il n'y a plus aucun secret qui ne tienne. Madame la Procureure va arriver dans quelques minutes avec le mandat de perquisition, vous avez tout intérêt à coopérer avec la justice professeur !

— Bon, très bien, c'est d'accord.

On entendit des pas qui se rapprochaient du bureau.

— Elisabeth Wingdale, Procureure de sa Majesté, voici le mandat !

— Nous vous écoutons Professeur, fit la magistrate. Dites-nous tout !

Nicholson fut interrompu une seconde fois. C'était Mary Collins, la médecin légiste qui entra.

— Mary tu arrives juste au bon moment, s'exclama Arthur.

— Ben travaillait sur la création in vitro d'embryons hybrides humains-animaux, continua le professeur. Il voulait aider l'humanité. Vous n'êtes pas sans savoir que les donneurs d'organes se font de plus en plus rare. Donc, nous récupérons les cellules-souche sur les embryons. Les cellules généralistes sont précieuses car elles ont la faculté de pouvoir se transformer plus tard en n'importe quel organe du corps.

— Donc en résumé il a créé des embryons pour leur implanter des organes qui seront utilisés en cas de besoin chez les humains.

— Exact, répondit Mary.

— N'ayez crainte, dit Nicholson, nous ne créons pas de monstres ou des chimères pour les implanter dans un utérus féminin. Le clonage reproductif est interdit par la loi anglaise car il est contre tout code de déontologie humaine ! Nous ne les gardons que deux semaines après ils doivent être détruits. Vous vous rendez compte que nous pouvons sauver des vies humaines en leur implantant par exemple des valves de porc.

— Hum, c'est assez étrange, fit Robin.

— Pourrions-nous voir l'endroit où Monsieur Salomon a travaillé ? demanda Mary. Nous aimerions également analyser ces embryons.

— Bien sûr, veuillez me suivre s'il-vous-plaît.

— Oulala, je pense que l'église anglicane et le Vatican doivent être très réticents à ce sujet, fit Elisabeth.

— Oui, c'est le moins que l'on puisse dire. Nos recherches ont créé une vague de protestations dans les milieux religieux.

— Voici nos embryons. Je vous assure que ces expériences n'ont pas pour but de produire des lignées de cellules souches à partir de celles prélevées sur l'embryon hybride.

— Mais on l'espère bien, professeur, rétorqua Mary. Je suppose que vous menez déjà des recherches dans ce sens, à partir d'embryons humains afin de créer des populations thérapeutiques à partir de cellules souches.

— Oui effectivement c'est autorisé par la loi.

— Mes collaborateurs, Roberta Massoni et Alan Bright m'ont accompagné. Ils sont en train de retourner votre laboratoire et ses annexes, dit Mary. J'espère pour vous que vous ne nous avez rien caché, cela vaut mieux pour vous et pour la renommée de votre établissement.

— Nous n'avons rien à cacher Madame !

— Ce que je ne comprends pas, fit Elisabeth, c'est que vous avez omis de contrôler les diplômes et certificats de Monsieur Salomon. Qui était censé s'être occupé de cela ?

— C'est notre département administratif, en l'occurrence Monsieur Abraham Bernstein.

— Nous aimerions lui parler, s'écria Arthur.

— Bien, suivez-moi s'il-vous-plaît, proposa Nicholson.

— Abraham, voici Madame la Procure Wingdale, Madame Collins et Messieurs Smith et Hard de Scotland Yard.

Roberta et Allan étaient déjà en train d'analyser l'ordinateur d'Abraham. Alan avait lancé un module pour récupérer les mails et la correspondance qui avait été effacée.

— Si vous me disiez pourquoi vous retournez mon bureau de la sorte, je pourrais peut-être vous aider, non ? demanda Bernstein d'un ton cynique.

— Quelles étaient les relations entre vous et Monsieur Salomon ? Etes - vous de confession juive ?

— Oui, je connaissais Ben depuis vingt cinq ans. Nous fréquentions le même temple.

— Donc, je présume que vous étiez au courant de son passé de chirurgien ? Attention Monsieur Bernstein, une entrave à une enquête en cours peux vous valoir de la prison !

— Oui, je savais qu'il avait travaillé en tant que chirurgien et que malheureusement, suite à un accident, il avait arrêté d'exercer.

— Arthur, vous pouvez venir un moment, s'écria Alan.

— Décidément, Monsieur Bernstein, s'exclama Arthur, vous faisiez chanter Salomon. D'après ce que je peux lire ici, vous lui avez réclamé de l'argent et vous l'avez couvert au sujet de ses faux diplômes. C'est plutôt lui qui aurait pu vous assassiner, non ?

— Ben ne savait pas que je travaillais ici, et quand j'ai dû contrôler ses papiers je me suis douté qu'ils n'étaient pas en règle. Oui, je l'ai fait chanter. Mais lui n'était pas un ange non plus.

— Comment cela ? A part ce travail illégal, qu'avait-il encore à se reprocher ?

— J'étais joueur et j'ai perdu beaucoup d'argent donc, avec ce que Ben me donnait cela suffisait tout juste à rembourser mes dettes. Je le lui avait confié mon secret un jour au temple, dans un moment de faiblesse. Je me suis fait soigner ensuite. De plus, j'ai ma fille Frida, qui doit subir une opération assez grave et la caisse ne prend pas tout en charge. Ben avait également découvert que j'avais une liaison avec notre réceptionniste. Vous avez dû lui parler ?

— Oui nous lui avons parlé quand nous sommes arrivés.

— Donc, répondit Arthur, vous faisiez chanter Ben et lui, avait l'intention de révéler à votre famille que vous avez été un joueur compulsif et que vous aviez une maîtresse.

— Mais ce n'est pas tout, rétorqua Abraham. Ce n'est pas pour ces motifs que j'ai assassiné Ben. Cet être ignoble avait créé des chimères dans le dos du professeur Nicholson.

— Quoi, hurla Nicholson, je me sens mal ! Où sont elles ?

— Et ensuite ? fit Robin.

— Je suis allé le trouver chez lui, un matin avant d'aller au travail. Je savais qu'il se levait très tôt. Il ne travaillait qu'à temps partiel au laboratoire. Je l'ai prié de détruire ces « monstres ». Il m'a ri au nez et a dit qu'il avait déjà contacté la concurrence à ce sujet. Alors j'ai vu rouge et je l'ai frappé avec un marteau qui se trouvait dans la pièce. Je l'ai jeté dans la Tamise. J'étais fou de rage. J'insiste sur le fait que je ne l'ai pas tué à cause de mon addiction au jeu, car cela fait un bail que je ne joue plus, et puis ma femme et moi allons divorcer, donc elle se fiche de savoir si j'ai une maîtresse !

— Où sont ces chimères ? s'écria Arthur. Nous devrons les détruire. Mary tu t'en chargeras avec tes coéquipiers ?

— Venez, suivez-moi.

— Mon Dieu, s'écria Madame la Procureure, comment peut-on faire une chose aussi abominable ?

— Je n'ai jamais vu de pauvres créatures de ce genre, lança Mary. Ces chimères ont plus de deux semaines, je dirais qu'elles ont environ deux mois. Bon, Roberta et Alan, vous m'aidez, nous devrons les exterminer, je suis désolée.

— Mon Dieu, je ne pourrai pas, fit Roberta en sanglotant, ce sont des êtres vivants.

— Roberta, répondit Alan, ces pauvres créatures ne seront pas acceptées dans le monde animal et encore moins dans le monde humain. Viens, je vais t'aider. Nous devons le faire.

— Combien y en a t-il ?

— J'en ai compté dix.

— Si vous permettez, fit Abraham, nous avons des piqûres adéquates. Vous n'aurez besoin que de leur faire une injection et ce sera plus simple pour vous. Je ne pourrai pas le faire car je vais aller en prison. Accompagnez-moi je vais vous les donner.

— Arrêtez, s'écria Elisabeth, professeur Nicholson, dites à votre personnel de faire ce travail, je ne veux pas que mon équipe ait besoin d'exterminer ces pauvres créatures innocentes. Alan faites simplement des photos des chimères encore vivantes et ce sera tout. Nous allons contrôler, vous avez intérêt à faire ce que je vous demande !

— Bien Madame la Procureure. Et que va t-il se passer avec le laboratoire ? demanda Nicholson.

— C'est au juge d'instruction d'en décider. Apparemment vous n'étiez pas au courant de ces recherches au sein de votre établissement. Vous trouverez peut-être un juge clément. Pour l'instant le laboratoire restera fermé jusqu'à la fin du procès, désolée professeur.

— Merci Madame la Procureure, s'exclama Roberta.

— Merci Madame la Procureure, firent Arthur et Robin.

— Monsieur Bernstein, je vous arrête pour le meurtre de Monsieur Ben Salomon. Vous pouvez garder le silence car tout ce que vous direz pourra être retenu contre vous. Si vous le désirez vous pourrez appeler votre avocat, si vous n'en avez pas, il vous en sera commis un d'office.

— Je ne peux pas me payer un avocat inspecteur Smith, je vous ai tout dit, s'écria Abraham.

— Et que va t'il arriver à ma fille Frida maintenant ?

— Votre femme va certainement s'en occuper. Vous auriez dû y penser avant et venir nous en parler !

— Veuillez nous suivre au commissariat, nous allons rédiger votre déposition, ensuite vous serez déferré devant Monsieur le juge Mac Kenzie. Votre avocat aura du pain sur la planche, mais il pourra peut être trouver un moyen d'alléger votre peine. Le crime n'était pas prémédité. Pour le chantage vous pouvez encourir une peine de 5 ans de prison et une grosse amende, sans parler d'entrave à une enquête en cours. Trois délits Monsieur Bernstein, c'est beaucoup !

Roberta se jeta dans les bras de Robin.

— Heureusement que Madame la Procureure était présente, je n'aurai pas pu faire ce travail , s'exclama t-elle !

— Merci Madame Wingdale, nous vous devons une fière chandelle, fit toute l'équipe.

— Mais pas de quoi, je ne vais tout de même pas nous laisser faire par un laboratoire. S'ils ont fait des erreurs, et ils en ont fait, alors c'est à eux d'assumer. Je vais faire envoyer notre service sanitaire pour contrôler ce soir !

— Viens Robin, nous allons trouver Madame Salomon et ses enfants. Nous leur devons la vérité. J'aimerai mieux qu'elle l'apprenne par nous plutôt que de lire tout ce scandale dans la presse demain matin. Ensuite nous rentrons au bureau rédiger nos rapports.

— Madame la Procureure, je vous enverrai le rapport par mail. Vous aurez l'original demain matin à la première heure.

— Merci à vous deux !

— Merci à vous !

— Wilder, Benson, veuillez présenter Monsieur Bernstein devant Monsieur le juge d'instruction Mac Kenzie. Madame la Procureure vous accompagnera.

— D'accord !

— Euh, permettez que j'appelle encore le service sanitaire ?

Soudain le portable d'Arthur se mit à sonner.

— Oui, et toi comment va ? Ah, il y a un patient qui est décédé, oh je suis désolé. Je ne sais pas à quelle heure je vais rentrer. Nous venons à l'instant d'arrêter le meurtrier de Monsieur Salomon. Je t'appellerai avant de partir. A tout à l'heure, bisous ma chérie. Ah, c'est toi Clay, quoi le chien a déchiré tes chaussettes, ahahhaha ! Ce n'est pas grave, samedi nous irons en acheter des autres. Allez, bisou fiston, je dois raccrocher, à ce soir.

— Alors le toutou a sévi.

— Oui Robin, on ne peut rien te cacher.

— Viens plus vite que le rapport sera rédigé, plus vite nous pourrons rentrer à la maison. Ensuite nous rédigerons les rapports pour les témoins pour demain matin. Je suis heureux que le meurtrier est sous les verrous. Ce Salomon n'était pas un ange.

— Je suis de ton avis Arthur.

— Je vais appeler Madame Salomon, nous lui devons la vérité !

Et c'est ainsi que se termina cette enquête sur le meurtre d'un être vulnérable qui n'avait jamais oublié son passé. Il voulait créer un être suprême et dans sa folie il avait oublié l'essentiel, ces pauvres créatures n'auraient jamais pu vivre heureuses dans aucun des deux mondes !

MEURTRE AU GOLDEN

GOLF CLUB

Résumé

Ben Rigsby, un membre du *Golden Golf Club* s'est fait assassiner. Le propriétaire du club, Trevor Howard, découvre son ami inanimé vers 8 heures du matin. Qui avait un mobile pour le supprimer ? Est-ce que ce meurtre est lié à sa fonction qu'il occupait à la *Tower Bridge Bank* ? Est-ce que son ménage battait de l'aile ? Avait-il des ennemis ? Avait-il découvert un secret qui lui a coûté la vie ?

La médecin légiste Mary Collins découvre que son assassin l'a empoisonné au méthanol. Il porte aussi une blessure à la tête. Quelques heures auparavant la victime avait dîné au restaurant français *CHEZ CHARLES*. Mary découvre que Ben avait bu du vin qui était frelaté. Qui avait intérêt à souhaiter sa mort ? Est-ce que la victime a été empoisonnée au restaurant ou après sa sortie ? Nos enquêteurs résoudront cette nouvelle affaire une fois de plus avec brio.

— Bonjour maman, bonjour papa fit Abbigail en sortant de la chambre à coucher. Il fait une chaleur étouffante, je n'ai pas bien dormi.

— Bonjour ma chérie, répondirent les Smith. Nous non plus.

— Où est Clay ? demanda Arthur.

— J'arrive papa Arthur, fit une petite voix encore endormie.

— Alors qu'est que tu as au programme aujourd'hui ? questionna Arthur.

— Brrrrh, les mathématiques de 8 huit à 10 heures, ensuite anglais et chant. L'après-midi gymnastique et physique.

— Moi, j'ai seulement dessin et jeux au programme !

— Attends fiston, l'année prochaine cela va changer, ahahaha.

Soudain le portable d'Arthur si mit à sonner.

— Ah, un nouveau meurtre, s'écria Abbigail.

— Oh Abbigail, tu es terrible, s'exclama Béatrice visiblement irritée. On dirait que tu travailles chez Scotland Yard !

— Mais oui maman, j'y serai un jour, ahaha !

— Tu es bien la fille de ton père !

— D'accord Monsieur Mac Alistair, j'arrive tout de suite.

— Tiens papa, croque vite dans ta biscotte, et avale ton café, la journée va être stressante pour toi.

— Merci ma chérie, que ferais-je sans toi ?

— Alors où vas-tu Arthur ? demanda Béatrice.

— Au *Golden Golf Club*. Le corps d'un banquier a été retrouvé par le propriétaire.

— Tu as l'air absente Béatrice, tu ne te sens pas bien ? Cela fait plusieurs jours que je t'observe et je m'inquiète pour toi.

— Non Arthur, ce n'est rien, je suis déjà avec la tête au travail. En ce moment je n'arrive pas très bien à me relaxer. Je suis fatiguée. Va vite, la scène de crime n'attend pas.

— Je ramènerai les enfants à l'école, le *Golden Golf Club* n'est pas très loin.

— Bisous tout le monde, à ce soir.

— Ça y est les enfants, on démarre, attachez vos ceintures s'il-vous-plaît.

— Papa, moi aussi j'ai remarqué que maman a changé depuis un moment. Ce n'est pas toi seul qui a ce pressentiment.

Elle est devenue plus distante je trouve. Je ne crois pas qu'elle nous dise toute la vérité.

— On se fait peut-être des idées Abbigail. Elle est certainement trop occupée à l'hôpital. Voilà, nous sommes arrivés. Et concentre-toi bien sur tes cours Abbigail, maman est juste fatiguée je pense. Bisous à ce soir.

— Ah j'oubliais ! Attendez Claudia à 16 heures, elle viendra vous chercher, d'accord ?

— Oui papa, répondit Clay.

— Tu as certainement raison en ce qui concerne maman et oui nous attendrons Claudia. A ce soir, papa. Bisous. Tu viens Clay ?

— Bisous papa, fit le petit garçon.

— Bonjour tout le monde, s'écria Arthur en s'adressant à son équipe.

— Bonjour Arthur.

— Alors quelles sont tes premières constatations Mary, demanda t'il ?

— La victime devait connaître son meurtrier, car Ben ne s'est pas méfié. Il a reçu un coup sur la tête avec un objet contondant qui, à mon avis, lui a seulement fait perdre connaissance. La vraie raison de sa mort devrait être un empoisonnement. Il a dû boire du vin, il existe des traces d'alcool autour de sa bouche. Nous allons l'analyser Arthur. Je ferai aussi vite que possible.

— Tu peux nous en dire un peu plus sur l'heure de sa mort ?

— D'après la rigidité cadavérique, je dirais aux alentours de minuit. Je me demande d'ailleurs ce qu'il faisait à cette heure au club, ce dernier étant fermé ?

— C'est ce que nous devrons découvrir, Mary.

— Merci à vous tous.

— A tout à l'heure Arthur. Je t'avertirai dès que l'autopsie sera terminée.

— Nous allons questionner le propriétaire des lieux et nous irons annoncer la nouvelle à sa veuve. C'est étonnant qu'elle ne se soit pas manifestée en ayant constaté l'absence de son mari hier soir.

— Il faudra également que l'on passe chez Madame Wingdale afin qu'elle nous signe une perquisition pour son domicile et le club, rajouta Robin.

— Exact !

Une fois arrivés au club, un homme trapu, d'une cinquantaine d'années leur ouvrit la porte. Il était visiblement très choqué !

— Bonjour Monsieur, voici mon collègue Robin Hard, je suis Arthur Smith de Scotland Yard.

— Bonjour Messieurs, je suis Trevor Howard, c'est moi qui ai découvert le corps de Ben ce matin quand j'ai ouvert le club. Qui a pu faire une chose pareille ? Trouvez-vite celui qui l'a tué !

— Lui connaissiez-vous des ennemis ? Quel métier exerçait Monsieur Rigsby ? Est-ce que vous vous entendiez bien avec la victime ?

— Ben s'entendait bien avec tous les membres du club. Ce n'était pas une personne arrogante. Il était d'une nature joviale et était manager au département informatique à la *Tower Bridge Bank*. Je l'appréciais également.

— Notre médecin légiste a relevé des traces d'alcool autour de sa bouche. Savez-vous s'il a dîné avec quelqu'un hier soir ?

— C'était un bon vivant, mais je ne dirai pas qu'il était alcoolique. Je ne l'ai jamais vu ivre. Vous devriez aller voir du côté de chez *CHARLES*. C'était son restaurant favori. Tenez voici leur adresse.

— Nous devrons analyser la scène de crime et rechercher des traces éventuelles laissées par son meurtrier.

— J'ai compris, vous allez revenir avec un mandat de perquisition ?

— Oui, c'est ainsi que l'on procède Monsieur Howard.

— Où étiez-vous hier soir entre vingt heures et minuit ?

— Quoi, je suis suspecté ? Mais je n'ai rien fait. J'étais à la maison de 20 heures 30 à ce matin !

— Qui peut en témoigner ?

— Personne, je vis seul, j'ai regardé un match de football opposant Manchester United a Liverpool. C'est Liverpool qui l'a remporté 2 à 1. Ah, je me souviens maintenant, un voisin est venu sonner à ma porte. Il m'a demandé si j'avais du lait.

— Bien nous allons vérifier vos dires.

— Voici son numéro de téléphone.

— Pourriez-vous nous indiquer, en outre, l'adresse de la victime, et les noms des personnes qu'il fréquentait ici ?

— Voici l'adresse de son domicile, pour le reste, je vous donnerai les informations dès que possible. Je suppose que je devrai me présenter au commissariat ?

— Oui pour 9 heures demain matin.

— Merci pour votre aide, ce sera tout, en attendant ne touchez à rien s'il-vous-plaît. Le club devra rester fermé.. C'est une scène de crime !

— Aucun problème.

— A toute à l'heure Monsieur Howard.

— Viens Robin, on va chez Madame Wingdale, ensuite nous irons *CHEZ CHARLES*, ce fameux restaurant français.

— Arthur, tu as des soucis, je le vois. Que se passe-t-il, dis-moi, je peux t'aider? Tu as l'air préoccupé depuis un moment.

— Tu es un véritable ami. Béatrice a changé depuis quelque temps. Elle ne veut rien me dire. Elle a l'air toujours absente. Abbigail l'a remarqué également. Ma femme me dit que c'est la fatigue, mais je ne le pense pas. Ma fille est très observatrice comme moi. Cela fait un bail que nous n'avons plus eu de rapports intimes, tu comprends Robin.

— Je comprends Arthur, mon Dieu, tu crois que Béatrice te trompe ?

— J'ai bien peur que oui, Robin.

— Mince, et vous venez d'adopter Clay il y a quelques mois.

— A cette époque notre mariage marchait encore bien. Quel désastre, en effet.

— Si tu veux en avoir le coeur net, je mettrai Wilder sur le coup. Cela ne sera l'affaire que de quelques jours, si tu es d'accord évidemment. C'est un gars sympa et discret. Est-ce que Béatrice est absente la semaine ?

— Oui, elle est absente les mardis soir, apparemment elle suit des cours de Yoga depuis deux mois. Elle part vers 18 heures et rentre aux environs de 21 heures.

— Béatrice ne connaît pas Wilder, donc tu en auras le coeur net.

— Robin, ce n'est pas la méthode que je préfère, mais je veux apprendre la vérité, même si elle sera certainement difficile à entendre.

— T'en fais pas Arthur, demain c'est mardi et tu viendras dîner avec Abbi et Clay.

— Dès que l'on sera rentré au bureau j'irais voir Wilder. Il prendra des photos.

— C'est une bonne idée.

— Roberta t'apprécie, et elle cuisine bien. Enfin, je l'aide.

— Merci beaucoup Robin.

— Arthur, je n'oublie pas combien de fois tu m'as soutenu quand cela n'allait pas. Je te dois absolument cela.

— C'est sympa ! Bon, on va chez l'épouse de la victime et chez Madame Wingdale ? Je lui passe un coup de fil avant !

— Bonjour Madame la Procureure, pouvons-nous passer ?

— Oui certainement, mais qui a été assassiné, Arthur ?

— Ben Rigsby, un membre du *Golden Golf Club*.

— Bon sang, les homicides ne déclinent pas à Londres.

— Venez au palais de justice, je suis au bureau.

Les inspecteurs garèrent leur véhicule devant le Palais de Justice. Pour un mois de septembre la chaleur était plus qu'étouffante.

— Bonjour Messieurs, veuillez prendre place. Alors racontez-moi ???!!

— Le propriétaire du club de golf, Monsieur Howard, a trouvé le corps de la victime, Ben Rigsby, ce matin à 8 heures quand il a ouvert la porte. L'homme portait des traces de coups à la tête, portés par un objet contondant, mais d'après notre médecin légiste ce n'est pas cela qui l'a tué. Il semble avoir été empoisonné. Nous en saurons plus au courant de la journée ou demain matin dès que l'autopsie sera terminée. Nous devrons passer voir son épouse, le restaurant où il a dîné et son employeur. Ensuite nous questionnerons ses collègues de travail, connaissances et amis. Ce qui m'étonne, c'est que sa femme n'a pas signalé sa disparition hier soir.

— Oh Arthur, vous savez, beaucoup de ménages battent de l'aile. Chacun fait sa propre vie.

— Comme vous avez raison !

— Je suis certaine que vous réussirez à résoudre cette enquête¨ !

— Nous l'espérons Madame la Procureure. Dès que nous aurons un suspect, vous nous accompagnerez ? demanda Arthur. Mais ne vous mettez plus en danger, promis ?

— Bien sûr, je vous le promets, ahahaha !

— Encore une chose, je vois bien que depuis un moment, vous avez besoin de renfort dans votre service scientifique. Je ferai le nécessaire. Un homme ou une femme de plus cela ne serait pas de trop, non ? Je m'arrangerai avec le commandant Alistair. Cela prendra néanmoins un peu de temps.

— Merci beaucoup de vous soucier de nous, c'est très aimable, répondit Arthur. Cela éviterait qu'Alan et Roberta fassent de nombreuses heures supplémentaires.

— Si je veux que vous soyez efficace et rapide, il vous faudra quelqu'un pour vous soutenir. Allez-y, le devoir vous attend. Voici le mandat pour le club de golf et le second pour la demeure de la victime.

— Au revoir Messieurs, tenez-moi au courant.

— Ce sera fait Madame la Procureure. Au revoir et merci.

— Robin, je vais appeler Alan et Ray pour qu'ils viennent à la demeure des Rigsby.

Les enquêteurs garèrent leur voiture près d'une maison ancienne de style Victorien. Un cavalier King Charles courut vers eux, suivi par une femme très élégante. Anna était habillée d'un costume et d'une veste d'un grand couturier français. Des lunettes noires ornaient un nez aquilin.

— Bonjour Madame Rigsby ?

— Bonjour Messieurs, que puis-je faire pour vous ?

— Nous sommes de Scotland Yard. Voici mon collègue Robin Hard, je suis Arthur Smith. Pourrions nous rentrer un instant ?

— Que se passe-t-il ? Est-ce en rapport avec mon mari ? Il n'est pas rentré hier soir. Je vous avoue que ce n'est pas la première fois. Veuillez entrer Messieurs.

— Allez file, Siouxi. Ah, elle est curieuse, mais adorable. Heureusement qu'elle est là et qu'elle me tient compagnie.

La petite cavalier King Charles remuait sa queue et se coucha sur le canapé.

— Madame, nous sommes désolés, nous devons vous transmettre une mauvaise nouvelle. Votre mari a été assassiné. Son corps a été découvert ce matin au *Golden Golf Club* par Monsieur Howard, le propriétaire. Nos sincères condoléances.

— Quoi, ce n'est pas possible. Nous avions un ménage qui battait de l'aile depuis un moment, or de là à souhaiter la mort de mon mari, non. Qui a pu faire une chose aussi épouvantable ? Deux larmes coulaient le long de ses joues !

— Où étiez-vous aux alentours de minuit ?

— Ah, je suis suspectée maintenant, en voilà des façons, rétorqua Anna d'un air irrité.

Elle jeta sa tête en arrière, son visage devint rouge pourpre.

— Non Madame, c'est justement pour vous rayer de la liste des suspects.

— J'étais toute la soirée chez moi. J'ai joué au Bridge avec une amie. Je vais vous noter son numéro de portable, ainsi elle pourra vous le confirmer.

— Merci Madame Rigsby.

— Savez-vous avec qui votre mari a dîné hier soir ?

— Non, je suis désolée. Je suppose que c'est soit avec une maîtresse soit avec des collègues de la banque. Vous savez mon mari ne me disait pas tout !

— Merci. Pourriez-vous passer demain matin à 10 heures chez Scotland Yard, pour signer votre déposition, s'il-vous-plaît ?

— Oui, pas de problèmes.

Soudain la sonnette retentit.

— Ce sont nos collègues, nous avons un mandat de perquisition en bonne et due forme. Ne vous offusquez pas, nous devrons chercher des indices qui nous serviraient à trouver le mobile de l'assassin. Nous serons obligés de fouiller votre demeure, vos comptes bancaires, votre ordinateur ou celui de votre mari.

— Quoi, mais c'est la meilleure, de quel droit ? Ne vous gênez surtout pas ! Si cela continue je vais appeler mon avocate !!!!

— Madame si vous refusez de collaborer avec nous, vous serez accusée d'entrave à une enquête en cours, répondit Arthur d'un ton ferme.

— Bien sûr, faites-donc ! Excusez-moi je suis irritée, il y a de quoi !

— Bonjour, ne me faites pas trop de désordre s'il-vous-plaît, je vous donnerai toutes les informations dont vous aurez besoin, lança Anna.

— Merci Madame, répondit Roberta.

— Ah Roberta, Allan, quand vous aurez terminé ici, vous devrez vous rendre au restaurant *CHEZ CHARLES* pour analyser les plats et le vin que notre victime a mangé et bu. Nous allons y passer avant pour questionner le propriétaire.

— Bien, ce sera fait !

— Ray, je vous fais confiance pour les comptes bancaires des époux et vérifiez aussi son ordinateur.

— D'accord !

— Encore une question Madame : Avez-vous des enfants, du personnel ? demanda Arthur.

— Non, malheureusement nous n'avons pas eu cette chance. Si vous souhaitez aller chez notre femme de ménage, je vais vous noter son adresse. Voici.

— Nous nous reverrons demain matin, Madame Rigsby. Au revoir et merci !

— Hum Arthur, quelle arrogance, s'écria Robin, en sortant de la maison, les riches se croient au dessus des lois. Avec toi, elle n'avait pas le dernier mot. Bravo !

— Je suis de ton avis, mais on ne se laissera pas impressionner par elle. Même si elle nous déplaît, ce n'est pas forcément une tueuse. Que veux-tu son ménage n'allait pas bien et je pense qu'elle se sent seule. Après notre déjeuner, nous irons interroger les collègues de Rigsby de la *Tower Bridge Bank,* et la femme de ménage ; sait-on jamais s'ils ont des informations utiles à nous transmettre. Tu m'attends dans la voiture, j'essaie de contacter le restaurant *CHEZ CHARLES* pour les avertir de notre venue et celle de notre équipe scientifique. J'espère qu'ils n'ont pas déjà nettoyé la vaisselle et vidé le reste de vin, s'il y en avait.

— D'accord, je t'attendrai dans la voiture.

Quelques minutes plus tard, Arthur était de retour.

— Le propriétaire nous attend, il est 11 h 30, nous dînerons vers 13 heures.

— Où est-ce que l'on va déjeuner Arthur ?

— Chez *Maria*, si cela te convient ?

— Oui, j'aime cette Pizzeria.

— Viens Robin on va d'abord *CHEZ CHARLES*.

Nos inspecteurs garèrent leur voiture sur le petit parking près du restaurant dont la façade était d'un jaune clair. Une pelouse bien entretenue se trouvait à côté. Quelques rosiers étaient en train d'être coupés. Soudain l'homme qui s'affairait dans le petit jardin se retourna quand il vit les inspecteurs. Il frôlait la cinquantaine.

— Bonjour Monsieur James Robinson ?

— Bonjour Messieurs, vous êtes les enquêteurs de Scotland Yard ?

— Oui, répondit Robin.

— Veuillez prendre place. Est-ce que je peux vous offrir un café ? Comment puis-je vous aider. Vous m'avez dit au téléphone que Monsieur Rigsby avait été retrouvé mort ce matin.

— D'accord pour deux cafés. Oui, sa mort est suspecte, notre médecin légiste suppose un empoisonnement.

— Veuillez m'excuser un instant, je vais préparer les cafés.

— Que pouvez-vous nous dire au sujet de Monsieur Rigsby ? Est-il venu dîner chez vous hier soir ?

— Oui, c'est exact.

— Est-ce qu'une autre personne l'accompagnait ou bien était-il seul ?

— Non, il a dîné avec une femme et un homme. C'est l'homme qui a réglé la note. Je vais vous chercher le ticket de sa Master Card.

— Merci, avez-vous une photocopieuse ?

— Oui, je vous ferai une copie du décompte.

— Nos collègues de la brigade scientifique viendront vous trouver.

— Pourquoi cela ?

— D'après les premières analyses de l'enquête, Monsieur Rigsby a été frappé à la tête, or le cause de sa mort est un empoisonnement comme nous vous l'avons déjà expliqué.

— Quoi, dans mon établissement en plus ! Vous vous rendez compte, si cela se sait, je peux mettre la clé sous la porte.

— Nous veillerons à ce que cela n'arrive pas, répondit Robin. Avez-vous déjà jeté les restes, fait la vaisselle ? Qu'est-ce qu'ils ont mangé hier soir ?

— Les déchets se trouvent dans les containers dans la cour. La vaisselle a été faite, désolé.

— Les deux hommes ont mangé du confit de canard aux haricots avec du riz.

— La femme a mangé du Carpacio de Boeuf, riz et salade.

— Où se trouvent les bouteilles de vin vides ?

— Les bouteilles vides se trouvent dans un second container également dans la cour. C'était un Pomerol de 2015, un excellent vin français.

— Est-ce que tout le monde en a bu ?

— Non, la dame n'a bu que de l'eau.

— Comment s'est déroulé la soirée ? Est-ce que Monsieur Rigsby semblait nerveux ?

— Oui, la discussion semblait assez animée, cependant je n'ai rien entendu car toutes les tables étaient occupées. C'était très bruyant. L'autre homme avait sorti des documents d'une pochette et Monsieur Rigsby les a signés, c'est tout ce que j'ai vu.

— Est-ce que tout le monde est parti de son côté après le repas ?

— Laissez-moi réfléchir, non, un des hommes est parti, et la femme et la victime se sont dirigés de l'autre côté, ensemble.

— Merci pour vos observations. Cela va nous aider !

Soudain, on entendit une voiture s'arrêter. C'était la police scientifique.

— Désolé Monsieur, le restaurant devra rester clos jusqu'à la fin des analyses.

— Bien, pas de problèmes, trouvez-vite celui ou celle qui a fait cela. J'appréciais beaucoup Monsieur Rigsby, c'était un homme gentil et simple.

— Bonjour Monsieur, nous sommes de la police scientifique. Nous devons procéder aux fouilles, fit Roberta.

— Oui, vos enquêteurs m'ont averti.

— Les bouteilles vides sont dans un container. Monsieur Rigsby et un autre homme ont bu du Pomerol 2015. Au menu ils ont mangé du confit de canard, riz et haricots. La femme a mangé du Carpacio, riz et salade, dit Arthur.

— Oulala cela va être chaud, répondit Roberta. On ignore où se trouvait le poison.

— Je comprends, rétorqua Arthur, car si jamais ce dernier était dans le verre, vous ne trouverez rien dans les détritus Le tueur lui a peut-être administré le poison après son dîner ? Dans ce cas le deuxième homme aurait eu aussi des problèmes. Nous nous chargerons de savoir qui étaient l'homme et la femme qui accompagnaient Monsieur Rigsby.

— Bien, répondit Alan, nous allons faire notre possible.

— Viens Robin, nous filons déjeuner, j'ai faim.

— Moi aussi !

— Nous voilà. Mince mon portable. Oh c'est Abbigail !???

— Abbigail, qu'est-ce qui se passe ? Mais pourquoi pleures-tu ? Nous ne sommes pas loin de ton école, à la Pizzeria *Maria*. Nous en discuterons.

— Abbi vient nous rejoindre ? Qu'y a t'il ?

— Oui elle arrive, et pour Wilder il n'aura pas besoin de filer Béatrice. Ma fille s'en est chargée !

— Quoi, mais qu'a-t-elle découvert ?

— Béatrice était en train d'embrasser un homme dans sa limousine.

— Pauvre Abbigail !

— Eh oui, voilà ce que je redoutais le plus !

— Merci Monsieur, nous attendrons encore ma fille. Ah, la voilà.

La jeune fille se rua dans les bras de son père et pleura toutes les larmes de son corps. Une larme coula le long de la joue d'Arthur. Ses yeux étaient cernés et ternes.

— Papa tu n'as pas l'air étonné ?

— Non, je m'en doutais. Tu ne devrais pas être en classe ?

— Non je dois être de retour à 14 heures, c'est pas loin.

— L'hôpital où travaille maman ne se trouve pas très près, comment as-tu fait ? Tu as pris le métro ?

— Oui, bien sûr papa, j'ai 13 ans, j'assume. Je suis triste mais contente d'avoir vu ce que j'ai vu. J'ai fait une photo, mais c'est de loin, on ne distingue pas très bien les visages. Regarde.

— Est-ce que maman t'a vue ?

— Non je me suis cachée. Tu lui parleras ce soir papa ?

— Oui Abbi et maintenant on va manger un morceau, nous avons faim.

— Que veux-tu manger ?

— Un trio de pâtes, comme toi papa.

— Tu feras une bonne enquêtrice, si cela peut te consoler un peu.

— J'avais peur d'aller lui parler, mais ce n'était plus nécessaire. J'avais remarqué qu'il y avait un froid entre vous par rapport à son comportement vis-à- vis de toi, papa. Tu peux me dire que cela ne me regarde pas, mais je voyais bien que tu étais malheureux. Je voulais t'aider !

— Je suis désolé d'avoir été souvent absent, c'est en partie de ma faute, tu sais.

— Enfin, Arthur, arrête de culpabiliser, elle a épousé un inspecteur, elle le savait très bien ! Tu le lui a expliqué plusieurs fois, lança Robin, visiblement en colère contre Béatrice.

— Nous réglerons cela ce soir. Finis ton plat et surtout concentre-toi bien à l'école, d'accord. Je n'aimerais pas que tes notes en souffrent. Ne dis rien à Clay. Je t'aime très fort

— Moi aussi papa. Je suis là, ne l'oublie pas. Et pour Clay, il est encore trop petit, ne t'en fais pas. Il ne s'en rendra peut-être pas trop compte.

— Je sais ma chérie, merci !

— Au fait Abbigail, je vous invite tous les trois demain soir chez moi. Roberta et moi allons faire la cuisine, s'exclama Robin

— C'est gentil, cela nous changera les idées. Je file à l'école maintenant

— Désolé Robin d'avoir étalé ma vie privée ici au restaurant.

— Mais ce n'est pas grave. Je suis étonné de la réaction de ta fille. Elle fera une bonne inspectrice. Elle te ressemble beaucoup !

— Au moins nous n'avons plus à charger Wilder de cette enquête. Alors là, je suis vraiment fier d'elle. Tu as vu, ni une ni deux elle s'est déplacée jusqu'à l'hôpital pour parler à Béatrice.

— Cela va être très dur ce soir Arthur. Si tu veux, je vais rédiger les rapports seul et tu pourras rentrer un peu plus tôt.

— Non, tu vas terminer à des heures impossibles. Je n'aimerais pas que ton ménage batte de l'aile également.

— Merci Arthur.

— Tu n'avais pas remarqué que depuis un moment ma femme ne m'appelait plus entre midi ?

— Bien sûr Arthur, mais je t'avoue que je ne me suis pas posé de questions. J'ai pensé qu'elle avait trop de travail.

— Bon passons à autre chose, je te remercie du fond du coeur ! Merci d'être là pour moi et les enfants.

— C'est normal Arthur ! Hum la Pizza était très bonne.

— Le trio de pâtes était délicieux également.

— Bon, on va à la *Tower Bridge Bank*. Je vais appeler le commandant Mac Alistair pour l'informer de ce que l'on a découvert pendant le trajet. C'est une bonne personne, on lui doit cela. Ensuite je vais également contacter l'amie de Madame Rigsby pour qu'elle nous confirme l'alibi de celle-ci.

— Merci Robin , cela me déchargera.

Après une dizaine de minutes, nos inspecteurs arrivèrent sur le parking de la *Tower Bridge Bank*.

— Bonjour, nous sommes de Scotland Yard, voici nos badges. Pourrions – nous parler à votre directeur, s'il-vous-plaît ? C'est au sujet du décès d'un de vos collaborateurs, Monsieur Ben Rigsby.

— Un moment, je vais l'appeler.

— Excusez-moi de vous déranger Monsieur Mac Ginty, deux inspecteurs de Scotland Yard sont ici, ils aimeraient vous poser quelques questions quant au décès de Monsieur Rigsby.

— Bonjour Mandy, faites les monter au troisième, je viendrai à leur rencontre.

— Bien Monsieur !

— Je vous fait monter au troisième étage. Monsieur Mac Ginty vous attend près de l'ascenseur.

— Bonjour Messieurs, Robert Mac Ginty. Comment puis-je vous aider ?

— Votre employé, Monsieur Ben Rigsby a été assassiné. Je suppose que vous êtes déjà au courant. Nous aurions besoin de votre témoignage qui nous permettra d'avancer dans notre enquête.

— J'ai appris la nouvelle ce matin aux informations. C'est affreux, qui a pu faire cela ?

— Est-ce que Monsieur Rigsby avait des soucis avec une personne au sein de votre institut ?

— Non, c'était quelqu'un de discret et de courtois. Il dirigeait le service informatique. Il était enjoué et faisait du bon boulot. Je vais appeler son collègue qui travaillait avec lui, il pourra peut-être vous aider. Je ne connais rien de sa vie privée néanmoins.

— Allô, Joshua, auriez-vous l'amabilité de passer à mon bureau, j'ai deux inspecteurs de Scotland Yard ici qui aimeraient vous poser quelques questions au sujet de notre collègue Ben Rigsby qui vient de se faire assassiner. Merci !

— D'accord j'arrive !

— Bonjour Messieurs, fit une voix rauque, je suis Joshua Lemon. Comment puis-je vous aider ?

— Bonjour Monsieur Lemon, nous enquêtons sur le meurtre de votre collègue Ben Rigsby. Est-ce que vous avez remarqué un changement de comportement de la victime, est-ce qu'il avait des soucis ?

— Ben était un collègue jovial, il était très compétent comme manager en informatique. Il avait beaucoup de succès auprès de la gente féminine. Mais sa vie privée ne me regarde pas, même si j'ai une autre conception d'un ménage. Chacun est libre de gérer sa vie comme bon lui semble. Pour répondre à votre question, oui, Ben avait des soucis, malheureusement je ne puis vous dire la nature de ses ennuis. Quand je lui ai demandé pourquoi il était si nerveux et irrité, il m'a dit qu'il était un peu surmené et qu'il avait besoin de vacances. Mais dans mon for intérieur, je n'étais pas convaincu par ses propos. Quelquefois il restait tard le soir, je n'ai jamais compris pourquoi il faisait tant d'heures supplémentaires.

— Pourquoi arrivez-vous à cette conclusion ? s'étonna Robin.

— Il a eu des conversations téléphoniques bizarres, je ne sais pas qui était à l'autre bout du fil, et j'ignore de quoi il s'agissait. Il répondait toujours, «mais bien sûr, il sera terminé à temps».

— Est-ce que vous connaissez son cercle d'amis ? demanda Arthur

— Non désolé, dit Lemon, vous devriez enquêter du côté du club de Golf.

— Merci mais nous y avons déjà pensé.

— Encore une chose, quel est ce bâtiment à coté de la banque, un peu en retrait ?

— Il appartient au centre d'observation de l'espace aérien, *COSEA*. Il est régi par l'armée de l'air. Personne n'y entre.

— Ce sera tout, fit Arthur, merci pour votre aide, si vous pouviez passer demain matin chez Scotland Yard, disons vers 10 heures, pour signer votre déposition. ?

— D'accord, j'en informerai encore Monsieur Mac Ginty.

— S'il vous revenait en mémoire encore des détails, n'hésitez pas à nous appeler.

— Je n'y manquerai pas. A demain Messieurs.

— Viens Robin, pour l'instant nous n'avons pas avancé, mais ce n'est que le début. Nous allons demander à la femme de ménage des Rigsby si elle avait remarqué quelque chose, sait-on jamais. Ensuite nous allons rentrer au bureau pour rédiger les témoignages des personnes interrogées, proposa Arthur.

— Arthur, pourquoi ce bâtiment de la *COSEA* t'intéresse-t'il ? Quel rapport avec notre enquête ?

— Robin, tu sais que l'on doit poser beaucoup de questions et parfois le succès d'une enquête se compose de beaucoup de pièces tel un puzzle. Je pense que c'est la routine, la curiosité aussi, ahahaha !

— Je te fais confiance Arthur, mais je ne comprends toujours pas.

— Bonjour Madame Bright. Je vous avais contacté, Arthur Smith de Scotland Yard. Voici mon collègue Robin Hard !

— Oui c'est exact. Veuillez entrer Messieurs. Puis-je vous offrir un thé ?

— Merci, avec plaisir, répondit Robin.

— Pour moi également, merci.

— Je vous demanderai un moment.

Quelques minutes plus tard, le thé étant servi, Arthur commença à poser ses questions.

— Madame Bright, nous voudrions savoir si vous aviez remarqué un changement de comportement de Monsieur Rigsby ces derniers temps ?

— Oui, j'avais remarqué qu'il avait changé, mais je ne puis vous dire de quoi il s'agissait. Il avait l'air exténué. Quand je lui ai demandé s'il ne se sentait pas bien il m'a répondu qu'il était très fatigué et que bientôt sa femme et lui partiraient en vacances. Je sentais qu'il était sous pression !

— Madame, s'il vous revenait en mémoire, même un détail, voici ma carte, dit Arthur. Si vous pouviez passer demain vers 10 h 15. Nous avons encore convoqué des témoins, ce ne sera pas long. Nous allons prendre vos empreintes pour vous éliminer de la liste des suspects.

— Bien, j'avertirai Madame de mon absence.

— Merci pour le thé, au fait Madame Rigsby devra également passer pour signer sa déposition, demandez-lui donc de vous emmener.

— Je n'y manquerai pas. A demain Messieurs.

— Au revoir Madame. Merci.

— Bon Robin, il ne nous reste plus qu'à rédiger les rapports pour demain, ensuite nous rentrerons. Mon Dieu, j'appréhende déjà la discussion avec Béatrice, mais il faut que je le fasse. Qui aurait crû que je devrais un jour affronter cela. Rien n'est acquis dans la vie !

— Je ne sais pas quoi te dire , c'est très dur pour toi, car il y a également deux enfants qui souffriront si jamais Béatrice te quittait. Je pense à toi Arthur. Finissons vite ces rapports ensuite tu rentreras.

A peine Arthur eu-t-il garé sa voiture que la porte

s'ouvrit. Clay et Abbigail coururent vers lui avec leur petit compagnon à quatre pattes.

— Hello papa, viens vite, on a aidé maman à cuisiner. Elle a fait des spaghettis au thon. Miam j'ai faim.

— Tu es prêt papa ? demanda Abbigail

— Oui tout comme toi, mais mangeons d'abord !

— Oui inspecteur en chef !

— Tu me laisseras faire jeune fille, d'accord ?!

— Bonsoir Arthur, fit Béatrice d'une voix monocorde. Comment était ta journée ?

Les époux s'embrassèrent.

— Nous pataugeons, tu sais bien comment se passe le premier jour d'une enquête. On interroge des témoins, la famille, les amis et connaissances du défunt.

— Et toi, comment cela a été à l'hôpital ?

— Pour l'instant tout va bien, c'est un peu plus tranquille que d'habitude.

— Bon, tout le monde à table, lança Béatrice.

Arthur et Abbigail s'observèrent en silence. L'atmosphère était lourde et pesante. On n'entendait plus que les cliquetis de leurs couverts. Clay s'amusa avec une petite cuillère à la fin du repas.

— Tu es calme Abbi nous n'en avons pas l'habitude, fit Béatrice toute étonnée.

— Que se passe-t-il ?

— J'ai à te parler, fit Arhur. Il serait préférable de coucher Clay, il n'a pas besoin d'entendre.

— Mais qu'est ce que vous mijotez tous les deux ? Tu as également quelque chose à me dire, Abbigail ? Je vous trouve bizarre tous les deux !

— Je vais coucher Clay, répondit la jeune fille.

— Je sors Marley, ensuite nous devrons te parler, annonça Arthur.

— Mais c'est quoi ce complot, vous deux ? s'écria Béatrice d'une voix irritée

Ils ne lui répondirent pas. Une vingtaine de minutes plus tard, tout le monde était assis au salon.

— Bien maman, alors aujourd'hui entre midi je voulais venir te parler.

— Me parler, mais de quoi ?

— J'ai remarqué que tu avais changé, et je voulais te demander pourquoi tu te comportes d'une façon étrange avec papa.

— Mais ma fille, notre vie de couple ne te regarde pas du tout. Qu'est ce qui te prend ? Je suis fatiguée, c'est tout.

— Ah, mais pour embrasser ton chevalier servant dans ta voiture, tu ne l'es pas. Je t'ai prise en photo, s'écria Abbigail en pleurant.

— Je ne te permets pas !! Mais de quel droit tu m'espionnes ? Ensuite, c'est un problème entre ton père et moi, cela ne te concerne pas.

Béatrice était folle de rage !

— Bien sûr, cela me concerne aussi, car il s'agit du bonheur de toute la famille, répondit l'adolescente, les yeux remplis de larmes.

— Laisse-la finir, s'interposa Arthur d'une voix ferme.

— Qu'as-tu à nous dire Béatrice ?

— Bon, les preuves sont contre moi. Oui, j'ai une relation avec le docteur Sam Cook. Je l'ai connu avant toi Arthur, il y a bien longtemps de cela. Je ne l'ai jamais oublié et pourtant je t'aimais. Nous sortons ensemble depuis trois mois. Il est divorcé depuis un an et on voudrait refaire notre vie ensemble. Leur couple est resté sans enfants !

Abbi ne répondit pas, elle savait que si elle disait encore un mot, le climat allait dégénérer d'avantage.

— Tu me mets donc devant un fait accompli, Béatrice. Es-tu sûre de tes sentiments envers ce Sam ? As-tu bien réfléchi ? Tu ne nous donnes donc aucune seconde chance ?

— Oui Arthur, j'ai bien réfléchi, et je suis contente que l'on en ai parlé. Nous ferons les gardes alternées, Claudia pourra rester chez toi et les enfants. Sam et moi allons prendre une autre « nanny ».

— Moi, je resterai chez papa, je ne viendrai en aucun cas habiter chez toi et ce Monsieur. Je le dirai haut et fort devant le tribunal des enfants s'il le faut, s'écria la jeune fille visiblement énervée.

— Mais je suis ta mère et je t'aime. Ce problème n'a rien à voir avec toi.

— Tu as fait du mal à papa, il ne méritait pas cela. Je reste ici, un point c'est tout !!!!

— Maman a raison, lança Arthur.

— On pourra se voir maman, mais je reste ici. J'ai le droit de choisir où je voudrai habiter.

— Comme tu voudras, mais Clay viendra chez nous, répondit Béatrice, d'un ton sec. Nous prendrons aussi soin de *Marley*.

— On fera des gardes alternées Béatrice, répondit Arthur.

— Quand veux-tu entamer la procédure de divorce ?

— Le plus rapidement possible, s'exclama Béatrice.

— Bien, je suggère que l'on s'arrange à l'amiable.

— Oui, c'est moins onéreux pour toi et moi.

— Encore une chose Béatrice, j'aimerais m'excuser pour mes nombreuses absences. C'est peut-être également une des raisons pour lesquelles nous en sommes arrivés là.

— Je connaissais les inconvénients de ton métier donc oui, ton absence ne m'a pas toujours fait plaisir, mais ce n'est pas cela qui en est la cause principale. Les sentiments ne se commandent pas Arthur, je suis navrée. Je déménagerai le plus rapidement possible. Je vais en parler à Sam.

— Si c'est ce que tu désires, très bien. Dommage que tu ne prennes pas plus de temps pour réfléchir. Et dire qu'on vient à peine d'adopter Clay.

— C'est tout réfléchi. Nous avons passé de belles années ensemble, je ne l'ignore pas. Et pour Clay, il est petit, il ne s'en rendra pas réellement compte.

— Bon, je vais me coucher, fit Abbigail. Elle était écarlate.

— Ne perturbe pas Clay avec cela, s'il-te-plaît.

— Comme si je ne le savais pas maman. Bien sûr que non !

— Bonne nuit tout le monde.

— Ah, j'oubliais, fit Arthur, demain soir les enfants et moi sommes invités chez Robin et Roberta.

— Très bien, je monte me coucher.

— Je regarde encore un peu la télé, ensuite je te rejoins.

Arthur s'assit sur le canapé. De grosses larmes coulaient le long de ses joues. Sa vie de couple défila devant lui Il n'en restait plus que des miettes. Il prit la télécommande et choisit un reportage sur les Incas. Soudain la porte s'ouvrit et c'est sa fille qui le rejoignit.

— Abbigail je te croyais au lit ? Il est presque 22 heures.

— Oh papa, je ne peux pas dormir, c'était beaucoup pour nous deux aujourd'hui.

— Viens, nous terminerons de regarder ce reportage et nous irons nous coucher.

— Je ne veux pas aller chez maman et ce Sam.

— Je ferai tout pour que tu restes avec moi, répondit Arthur. Maman a compris, et je pense qu'elle ne va pas s'interposer. Elle ne veut que ton bien. Tu sais, elle t'aime, et cela n'a rien à voir avec notre vie de couple. Tu te débrouilles très bien ma chérie et je suis fier de toi.

— Merci papa, bon je me sens mieux, je vais me coucher. Et promis je ne vais pas perturber Clay le pauvre, à peine arrivé chez nous, nos parents divorcent déjà !

— La vie n'est pas un fleuve tranquille tu sais, je n'aurai jamais imaginé cela.

— Je viens de m'en rendre compte. Bonne nuit papa

— Bisous ma chérie à demain matin, et surtout essaie de te concentrer à l'école.

— Oui, je vais essayer.

Il était huit heures quand Arthur arriva au bureau, les traits tirés.

— Bonjour Arthur, tu as l'air épuisé, tu ne veux pas te mettre en maladie aujourd'hui ?

— Non Robin, quand je travaille, je ne pense pas à mes soucis.

— Et toi comment vas-tu ?

— Je t'avoue je n'ai pas très bien dormi non plus, ta séparation avec Béatrice m'a perturbé. Roberta va nous cuisiner des Pizzas fait main pour ce soir. C'est bon pour 19 h 30 ?

— Merci Robin, c'est très sympa, Abbigail et Clay en ont parlé dans la voiture ce matin. Ils sont contents. Clay ignore encore tout, je laisse le soin à Béatrice de le lui expliquer.

— Il vaut mieux qu'elle le fasse. Vous serez chez vous avant 22 heures car les enfants doivent aller à l'école demain.

— Oui, mais demain je ne vais pas mettre Clay à l'école. Béatrice m'a dit qu'elle avait des choses à régler et qu'elle ne travaillait pas. Je suppose qu'elle commence déjà à déménager ses affaires. Elle et Claudia pourront s'en occuper.

— Très bien, Arthur.

— Je me demande toujours, continua Robin, qui sont ces personnes qui ont dîné avec notre victime?

— Je vais charger Wilder et Benson de s'occuper de leur identité.

Soudain la porte s'ouvrit et c'est Mary Collins qui entra avec Roberta et Alan.

— Je suis certain que vous avez des choses importantes à nous révéler !

— Bonjour Arthur, Robin.

— La cause de la mort est un empoisonnement au méthanol, s'exclama Mary. Le poison a dû être administré à notre victime avant son dîner au restaurant, d'après les conclusions de Roberta et d'Alan. J'ai approfondi mes analyses et j'ai retrouvé un petit fragment de peau en dessous d'un ongle de Monsieur Rigsby. Il se pourrait qu'il y ait eu une lutte ou que la victime l'ai griffé.

— Hum, s'exclama Robin c'est un bon début.

— Nous n'avons rien trouvé de suspect au restaurant, fit Roberta, et rien non plus au domicile des Rigsby. Quant au club de Golf, on n'y a rien découvert de louche non plus. C'est embarrassant.

— Notre victime a donc été supprimée dans un endroit qu'il nous faudra découvrir rapidement, lança Arthur.

— Alan et Roberta, vous contrôlerez les alentours du club, le terrain aussi, sait-on jamais.

— D'accord Arthur.

— Attendez quelques minutes, Monsieur Howard va venir signer sa déposition. Vous l'accompagnerez ensuite.

On entendit des bruits de pas, c'était ceux de Wilder et Benson.

— Bonjour tout le monde. Bonne nouvelle Arthur, Robin. Nous avons trouvé quelles personnes avaient dîné avec notre victime. Heureusement que tu nous a ramené la copie de la Mastercard. C'est Arnold Carter, général de l'agence spatiale *COSEA*.

— Enfin quelque chose qui fera avancer l'enquête, dit Robin.

— Et pour la femme ?

— La femme travaille aussi dans cette agence. Elle est la secrétaire de Monsieur Carter. Elle s'appelle Catherine Lormont.

— Intéressant !

Quelques instants plus tard, c'était Ray Melchior qui se rendait dans le bureau des deux enquêteurs.

— Bonjour, je constate que nous sommes au complet.

— Alors Ray, tu nous annonces une bonne nouvelle ? Qu'as-tu découvert concernant les comptes de Ben Rigsby ?

— J'ai remarqué qu'il avait reçu un important virement de la part de *COSEA*.

— Il s'agit de quel montant, Ray, questionna Robin ?

— De 100.000 Livres.

— Oh, ce n'est pas une petite somme. Nous irons chez *COSEA* encore ce matin.

— Bonjour Messieurs, fit une voix derrière eux.

— Monsieur Howard, prenez place, nous allons vous faire un prélèvement ADN et vous pourrez signer votre déposition.

— Mais comment, vous m'avez convoqué en tant que témoin, et pourquoi ce prélèvement ?Je vous ai ramené une liste de ses amis, hélas il n'en avait pas beaucoup. Voici !

— Merci. Nous vous faisons ce test pour vous éliminer de notre liste des suspects, c'est ainsi que nous devons procéder.

— Voilà, merci de signer en bas. Nos deux agents de la police scientifique vous accompagneront, ils doivent aussi analyser les abords de votre club.

— Mais comment cela ?

— La victime n'est pas morte au club, son cadavre a été déplacé. C'est pour cette raison que des contrôles supplémentaires sont nécessaires.

— Très bien, je ne vois vraiment pas qui aurait eu un motif pour assassiner Ben ?

— Nous vous suivons, fit Roberta.

Deux minutes plus tard, le commandant Alistair entra dans le bureau.

— Bonjour mon commandant.

— Bonjour à vous tous !

— Alors Arthur, Robin, comment se présente cette enquête ?

— Roberta et Alan n'ont rien trouvé d'anormal ou de suspect au domicile de la victime, rien non plus au restaurant *CHEZ CHARLES*. Il n'a pas été supprimé au club, ni au restaurant, ni à son domicile. Je leur ai demandé de retourner sur les lieux du crime et d'analyser les parages, le terrain, sait-on jamais. Ensuite Ray Melchior a découvert que Ben Rigsby avait reçu un virement de 100.000 Livres de l'agence spatiale *COSEA*. Nous irons voir le directeur et sa secrétaire qui ont dîné avant hier avec Monsieur Rigsby et en découvrir la raison. Dernière chose, Rigsby avait quelques fragments de peau sous un ongle, d'après Mary. Il y a eu certainement une lutte entre l'assassin et le mort.

— Hum, l'enquête avance mais à petits pas. Ce n'est pas simple, répondit Alistair.

— Nous aurions besoin de votre appui commandant. Vous savez que les espaces militaires et la police ne font pas toujours bon ménage. Si vous pouviez intervenir pour que l'on puisse enquêter chez *COSEA*.

— Bien, je vais appeler mon ami, le maréchal en chef de l'air de la Royal Air Force. Est-ce que vous avez encore des témoins qui viennent ce matin ?

— Oui, la femme de Rigsby.

— Je vais passer mon coup de fil, et après l'audition de Madame Rigsby, vous pourrez y aller. Je suppose qu'elle n'était pas au courant de ce virement important ?

— C'est ce que nous allons découvrir.

— Encore une chose Arthur. Cela ne me regarde pas, mais on se connaît depuis deux ans maintenant. Vous avez mauvaise mine. Je me fait du souci pour vous. Quand cette enquête sera close, je vous accorderai une semaine de vacances pour vous reposer. Avez-vous besoin d'aide ?

— C'est très aimable commandant ! Ma femme va me quitter sous peu et je ne dors pas beaucoup pour l'instant. Il y a quelques mois nous avons adopté un petit garçon, et je suis sous le choc. C'est compliqué, mais ne vous inquiétez pas, je gère, et puis ma fille Abbigail qui aura bientôt 13 ans, m'aide beaucoup. Elle voudra exercer le même métier que moi plus tard ! Cela me réconforte.

— Je suis sincèrement désolé Arthur. Si vous avez besoin de quoi que ce soit, n'hésitez pas, je n'aimerais pas qu'un de nos meilleurs enquêteurs tombe malade. Je pense que Robin s'occupe déjà bien de vous, vous êtes amis, n'est-ce pas ? J'ai aussi divorcé, et je sais donc comment on se sent. Et pour votre fille, je suis persuadé qu'elle a hérité beaucoup de son père.

— Oui, nous sommes amis Robin et moi. Il m'aide beaucoup. Je vous remercie pour votre compréhension.

— Bonne chance Messieurs. Allez-y !

Au même moment Madame Rigsby entra dans leur bureau.

— Bonjour Messieurs !

— Bonjour Madame Rigsby, souhaitez-vous un verre d'eau ou un café ?

— Un verre d'eau merci ! Comment avance votre enquête, Messieurs ?

— Lentement Madame, malheureusement nous ne pouvons vous fournir de détails à ce stade. Nous avons plusieurs pistes qui s'offrent à nous. Autre chose, continua

Arthur, étiez-vous au courant que votre mari avait reçu un montant de 100.000 Livres de l'agence spatiale *COSEA* ?

— De qui ? Une agence spatiale ? Non, je l'ignorais. Nous avons un compte en commun, et chacun de nous possède aussi un compte séparé.

— Nous devons faire encore un test ADN, Madame Rigsby, c'est pour vous éliminer de la liste des suspects. Ne vous offusquez pas, s'exclama Robin.

— Oui allez-y, au point où nous en sommes, fit Anna.

— C'est la meilleure, mon mari m'a caché la moitié de sa vie !

Une dizaine de minutes plus tard nos enquêteurs se rendirent aux bureaux de la *COSEA*. Le bâtiment était entouré d'une gigantesque clôture entourée de fils barbelés. Un garde les fit entrer dans la court du bâtiment. Devant eux se trouvait un homme en uniforme. De nombreuses insignes étaient accrochés sur sa poitrine. Il portait une barbe grise et tenait son képi à la main.

— Bonjour Messieurs, votre commandant a averti mon supérieur de votre visite. Je suis le général Arnold Carter !

— Bonjour général, voici l'inspecteur Robin Hard, je suis Arthur Smith.

— Veuillez me suivre, nous allons dans mon bureau, on y sera plus tranquilles pour discuter.

— Vous désirez un café ?

— Oui volontiers.

— Catherine, vous pourriez nous faire trois cafés ?

— Certainement.

— Est-ce votre secrétaire ?

— Oui, Messieurs, je suppose que vous désirez l'interroger également ?

— Oui, mon général si c'est possible, car elle est également sur la liste de nos témoins.

— Que désirez-vous savoir, je vous écoute, fit le général d'un ton grave.

— Monsieur Ben Rigsby a été assassiné avant hier et nous avons appris que vous et votre secrétaire aviez dîné avec lui *CHEZ CHARLES*.

— Oui, effectivement, c'était un dîner d'affaires.

— Pourriez-vous nous en dire un peu plus, questionna Robin.

— Nous devions embaucher Monsieur Rigsby prochainement. Il ne désirait plus travailler à la *Tower Bridge Bank*. Il avait inventé un nouveau système informatique relié au contrôle aérien. J'ai contrôlé le brevet. Il était en ordre.

— Mais c'est lui qui vous a contacté ? Êtes-vous certain que le brevet était authentique ?

— Oui c'est lui qui est venu se présenter dans nos locaux. Désolé, je n'ai pas fait vérifier l'authenticité du brevet, j'aurai dû, en effet !

— Monsieur Rigsby avait reçu 100.000 Livres de *COSEA*, rajouta Arthur. De plus, un témoin a constaté que votre discussion était assez animée au restaurant. Pourquoi cela ?

— Ben Rigsby était un peu gourmand, or nous ne voulions pas dépenser plus de 100.000 Livres car nous aussi nous avons un budget à tenir.

— Combien vous avait-il demandé ?

— 200.000 Livres, répondit le général et avec cette somme je n'étais absolument pas d'accord. Pour l'embaucher oui, mais pas pour ce montant exorbitant.

— A la fin du repas je lui ai confirmé que, si ce système fonctionnait bien, il y aurait une ajoute de 50.000 Livres.

Ensuite il a signé. Je me demande d'ailleurs comment nous allons récupérer cet argent, car malheureusement Ben n'est plus en vie. A moins qu'un de ses collègues puisse nous aider ?

— Vous pourriez peut-être contacter son supérieur, Monsieur Robert Mac Ginty. Il pourra soit accéder à votre demande ou alors la décliner. J'enverrai un de nos enquêteurs sur place.

— J'ai noté son nom, je l'appellerai. Merci pour votre aide.

Entretemps Catherine Lormont s'était jointe aux interrogatoires. Elle semblait plus nerveuse que son supérieur.

— Pouvez-vous confirmer les dires de Monsieur Carter, demanda Robin ?

— Absolument. Cela s'est passé exactement comme il vient de vous l'expliquer.

— Une dernière question ? Pourquoi avoir choisi ce restaurant pour signer un contrat ?

— C'était Ben Rigsby qui l'avait exigé, désolé, je ne puis vous en dire plus, répondit Carter.

— Vous a-t-il raconté qu'il avait un problème personnel à la *Tower Bridge Bank* ?

— Non, nous n'en avons pas parlé. Il tenait, à mon avis, seulement à se faire un peu plus d'argent.

— Êtes -vous rentrés tous à la maison après le dîner, demanda Arthur.

— Oui bien sûr, répondit Catherine. Chacun est parti à son domicile.

— Bon ce sera tout pour l'instant, lança Arthur. Nous reviendrons vous voir dans l'après-midi tous les deux pour que vous puissiez signer votre déposition. Disons vers 15 heures ?

— Oui je n'y vois pas d'inconvénient

— Nous serons amenés à vous faire des prélèvements d'ADN.

— Pas de soucis, acquiesça Carter.

— Au-revoir Madame Lormont, Général !

— Alors Robin, que penses-tu de ce général et de sa secrétaire ?

— J'ai le pressentiment que cet homicide n'a rien d'une affaire criminelle, mais il nous restera néanmoins à vérifier leurs empreintes. Bien évidemment, je peux me tromper aussi. Est-ce que ce système existe vraiment ? Je vais envoyer Wilder et Benson mener leur enquête à la banque où travaillait la victime !

— Je suis aussi de cet avis, mais nous devrons également interroger les amis de Rigsby de la liste que Monsieur Howard nous a remise.

Soudain le portable d'Arthur sonna.

— Oui Alan, que se passe-t-il ?

— Roberta et moi venons de découvrir l'endroit où Ben Rigsby a été tué ! Nous avons relevé des traces de sang à l'intérieur du cabanon qui sert à déposer tout le matériel de golf. Dans la précipitation, l'assassin n'a pas nettoyé la scène de crime correctement. Nous avons aussi trouvé quelques débris d'un vase qui avait roulé sous une chaise. Nous aurions dû y aller de suite, vous avez perdu du temps à cause de nous, mais de grands arbres dissimulaient son existence.

— Ce n'est pas grave, vous n'étiez pas censé savoir que ce dépôt existait.

— La nouvelle torche au luminol que le commandant Alistair vous a accordé était efficace, le «Bluestar», répondit Arthur. C'est très bien !

— Oui, elle ne réagit qu'au sang.

— Nous avons également retrouvé la fameuse bouteille de Pomerol qui était cachée dans une poubelle derrière le cabanon. Nous allons procéder aux analyses immédiatement en rentrant.

— Bien, répondit Arthur, vous allez nous ramener ce Trevor Howard au poste, il en sait peut-être plus ! Merci.

— Ce sera fait.

— Alors ? demanda Robin.

— Roberta et Alan ont découvert la scène de crime !

— Tu crois que ce Howard est notre assassin ?

— Cela, je l'ignore, ce serait vraiment un meurtrier qui nous serait présenté sur un plateau d'argent !

Au bout de quelques minutes, Roberta et Alan étaient de retour !

— Messieurs, je proteste, je n'ai rien à voir avec le meurtre de Ben. Pourquoi suis-je ici une fois de plus ?

— Réfléchissez, Monsieur Howard, vous êtes le propriétaire de ce club. La scène de crime est aussi votre propriété.

— Mais je n'ai rien à voir avec cet homicide. J'étais à la maison ! Demandez à mon voisin, il est venu me voir pour du lait ensuite j'ai regardé le match de football !

— Mais vous auriez pu quitter votre domicile après !

— Je ne l'ai pas fait, combien de fois dois-je le répéter, bon sang. Pour l'instant vous n'avez aucune preuve !

— Vous resterez chez vous à la maison et n'en bougerez pas, s'écria Arthur. Soyez en assuré, s'il y avait des preuves, vous seriez le premier prévenu.

— Au-revoir Messieurs, j'espère que vous trouverez le vrai coupable, car ce n'est pas moi.

Howard claqua la porte !

— Oh Arthur, pourquoi l'as-tu laissé partir ? Si ce n'est pas lui, quel assassin laisse derrière lui une scène de crime seulement cachée par des arbustes ? Franchement c'est un débutant ! Ou alors il n'avait plus le temps de revenir sur ses pas.

— Howard a raison, nous n'avons que des présomptions et pour quel motif aurait-il supprimé son ami ? Nous attendrons les résultats de Roberta et Allan. Cela a dû se passer très vite, et l'assassin n'a pas eu le temps de nettoyer l'endroit correctement, tu as raison Robin. Ensuite il aurait pu être vu en plein jour !

— Je commence à avoir faim, remarqua Robin.

— Moi aussi, viens, nous allons en face. On mangera un petit morceau.

— Oui,ce n'est pas si mal chez «Mark» !

— Roberta, Allan, nous allons en face manger un morceau.

— D'accord, quand vous reviendrez nous aurons peut-être trouvé des empreintes.

— A tout à l'heure.

— Arthur, cette enquête est plus compliquée que je ne l'aurais imaginé.

— Fais confiance à Roberta et Allan, ils sont compétents et ils trouveront un indice, j'en suis persuadé. La victime a dû blesser le ou la meurtrière., étant donné de ce que Mary Collins a trouvé.

— Exact., bon on y va !

Une heure plus tard, les enquêteurs étaient de retour chez Scotland Yard.

— Nous avons trouvé une trace partielle sur la bouteille qui ne correspond pas à celle de notre victime. La meurtrière n'a pas fait attention. Nous avons comparé les empreintes dans notre fichier central et vous ne devinerez jamais ce que l'on a découvert ? s'écria Roberta.

— Alors là, je donne ma langue au chat, s'étonna Robin.

— L'ADN que vous avez trouvé devrait nous permettre d'arrêter la meurtrière, en l'occurrence Madame Catherine Lormont, de l'agence spatiale ? rajouta Arthur.

— Oui, c'est exact, rétorqua Allan.

— Pour quel délit est-elle dans notre fichier ?

— Détournements de fonds !

— Arthur, comment faites-vous ? s'écria Roberta.

— C'est l'habitude de coincer des meurtriers, je pense, Roberta ahahahaha !

— Arthur, comment as-tu deviné ?

— Alors voilà, Ben devait avoir un rendez-vous galant au cabanon ! Tu n'as pas remarqué que Madame Lormont avait un pansement sur sa main ? Ensuite, quand j'ai posé la question «si tout le monde était parti à la maison de son côté», elle a menti. Le restaurateur a vu la femme et Rigsby rentrer ensemble. Heureusement qu'il a un bon sens de l'observation.

— Je n'ai pas fait attention, désolé Arthur. Pour la blessure cela pourrait être une coïncidence.

— Attends, une minute je vais avertir Madame la Procureure, nous l'attendrons ici.

— Bien, j'espère que Madame Lormont ne s'est pas déjà fait la malle.

— Mais non, nous n'avons pas encore prélevé ses empreintes. Elle ne se doute de rien, ne t'inquiète pas Robin.

— Alors là, tu m'étonneras toujours, Arthur.

— Rappelle-toi Robin, Howard nous a dit que c'était un bon vivant. J'ai fait le rapprochement et je me suis dit qu'une femme pouvait être éventuellement aussi la coupable. Auparavant, elle avait mis le poison dans la bouteille de vin et quand Ben s'est senti mal, elle a pris le premier objet et lui a fracassé la tête. Son erreur était de n'avoir pas nettoyé correctement le cabanon !

— Mais comment a-t-elle fait pour traîner son corps jusqu'au club ?

— Hum avec l'aide de quelqu'un, c'est ce que nous devrons découvrir.

— Bonjour Messieurs, s'écria Madame la Procureure Wingdale !

— Dites-donc vous deux, vous devenez de plus en plus rapide pour résoudre une enquête. Chapeau !

— Alors, racontez-moi Arthur !

— Nous avons découvert la scène de crime. Il s'agit d'un cabanon qui est bien camouflé derrière des arbres et buissons. Les joueurs de golf y déposent leurs affaires. Nous ne l'avions pas remarqué lors de notre venue.

— Qui est le tueur ?

— D'après les premiers éléments de l'enquête, Catherine Lormont, la secrétaire du Général Carter.

— Quoi, donc elle connaissait la victime ?

— Oui bien sûr, je suppose qu'ils étaient amants. Nous avons retrouvé ses empreintes sur une bouteille de Pomerol qui était cachée dans des poubelles, derrière le cabanon. Elle a oublié, dans la précipitation, d'enlever les débris d'un vase qui avait roulé sous une chaise. Elle est fichée dans notre fichier central pour détournements de fonds. Son patron, le général Carter avait acheté un système de surveillance spatial à 100.000 Livres à Ben Rigsby. Il devait avoir encore une ajoute de 50.000 Livres quand tout serait installé.

— Oh, cela sent l'arnaque, répliqua la magistrate.

— Il se pourrait aussi que ce système n'existe pas, et que tout ceci était une combine entre Ben et sa maîtresse. Le pauvre général s'est fait berner mais nous en saurons plus lors de l'interrogation. Vous êtes prête Madame la Procureure ? Attention, ne vous mettez plus en danger !

— Ecoutez - vous deux, appelez moi donc Elisabeth, d'accord !

— Bien Elisabeth, allons cueillir la meurtrière !

Arthur regarda l'heure sur le clocher de Big Ben. 17 heures s'affichait !

— Rebonjour Messieurs, fit Catherine, quand les inspecteurs pénétrèrent dans le bureau du général. Désirez-vous du thé ou un café ?

— Ce ne sera pas nécessaire, Madame Lormont.

— Voici Madame la Procureure Elisabeth Wingdale.

Catherine et Arnold Carter saluèrent la magistrate.

— Dites-nous pourquoi vous avez menti en prétendant que chacun était rentré chez soi le soir du meurtre ? Un témoin vous a vu rentrer ensemble Ben et vous !

— Mais ce n'est pas vrai, je proteste ! s'écria Catherine.

— Catherine, rétorqua Carter, vous connaissiez Ben Rigsby ? Maintenant je comprends tout. Comment avez-vous pu faire une chose pareille. C'est vous et ce Ben qui vouliez nous extorquer ce fameux système de surveillance, et bien sûr je me suis laissé berner. Je suis presque certain maintenant que Rigsby n'avait rien inventé du tout. Bon, je vois, je devrai présenter ma démission !Mais quel idiot je suis !

— Général, pas si vite, il se peut que ce système existe bel et bien ; deux de nos enquêteurs sont en train de questionner le personnel de la *Tower Bridge Bank*.

— Inutile de nier Madame Lormont, nous avons trouvé vos empreintes sur la bouteille de Pomerol. Vous y aviez mis le poison, en l'occurrence du méthanol. Quand Ben a commencé à se sentir mal, vous lui avez cassé un vase sur le crâne. Malheureusement, vous n'aviez plus le temps de nettoyer la scène de crime correctement ; et maintenant on va vous faire un prélèvement d'ADN, ce qui confirmera nos dires !

— Je refuse, je veux parler à mon avocate, maître Samantha Dorian.

— Madame Lormont, je vous averti, vous serez non seulement accusée d'empoisonnement, mais aussi d'entrave à une enquête en cours. Cela alourdira bien sûr votre palmarès de délits ! Nous avons rassemblé toutes les preuves, je ne vois pas pourquoi vous ne voulez pas collaborer avec Scotland Yard ? Il en sera tenu compte lors de votre procès. Vous appellerez votre avocate, nous avons tout notre temps, mais une chose nous préoccupe encore, comment avez-vous fait pour transporter le corps au club de golf ? Et quel était votre motif ? La cupidité, une crise de jalousie ? Ben ne voulait peut-être tout simplement plus travailler avec vous ?

Une dizaine de minutes plus tard, maître Dorian arriva dans les bureaux de Scotland Yard. Après s'être entretenue avec sa cliente, Catherine Lormont avait changé d'attitude.

— Bien inspecteur, vous avez raison. J'ai empoisonné Ben. C'était un maître chanteur par excellence. Nous étions liés depuis six mois et un soir je lui ai confessé mon passé. Mal m'en a pris, car par la suite, j'étais à sa merci. Je devais l'aider à arnaquer le général Carter quant à ce fameux système de surveillance qui n'existe pas. Le Général était toujours très courtois et gentil avec moi. Je n'en pouvais plus. Ben m'a ri au nez quand nous étions au cabanon. Il a dit qu'il n'avait plus besoin de moi, que l'argent était sur son compte et que Carter était d'une naïveté enfantine. Si je ne me taisais pas, il révélerait que mon casier judiciaire n'était pas vierge, ce qui est exigé pour travailler à la *COSEA*. L'agence spatiale m'aurait fait un procès. Je regrette profondément ce que j'ai fait au Général, mais je n'avais pas le choix.

— Si, vous l'aviez, répondit le Général, vous auriez dû m'en parler. Je vous ai toujours fait confiance ! J'aurais tout fait pour vous garder, Catherine. C'est trop tard maintenant, quel gâchis !

— Qui vous a aidé pour le corps ? demanda Robin.

— Il y avait une brouette non loin du cabanon, j'y ai donc chargé Ben et le reste vous le connaissez..

— Bien Madame Lormont, je vous arrête pour le meurtre de Ben Rigsby. C'était un crime prémédité et je plains votre avocate car elle aura du pain sur la planche. Tout ce que vous direz pourra être retenu contre vous. Nous vous remercions d'avoir collaboré, il en sera tenu compte lors de votre procès.

— Je n'ai plus rien à rajouter.

— Agent, transférez Madame Lormont devant le juge d'instruction Mac Kenzie, merci !

— Général Carter, s'exclama Elisabeth Wingdale.

— Oui, Madame la Procureure.

— Ben Rigsby n'a pas eu le temps de dépenser l'argent de la *COSEA*, il vous sera restitué. Un bon conseil Général, si je peux me permettre, soyez plus prudent dorénavant. Si vous avez encore une projet de cette envergure, demandez à un technicien et un expert de vous seconder. Vous n'aurez nul besoin de démissionner !

— C'est une bonne leçon, Madame la Procureure, merci infiniment.

Dix minutes plus tard Arthur et Robin déposèrent la magistrate à son domicile.

— Je vous offre un verre Messieurs ? Arthur j'ai remarqué que vous n'allez pas très bien, cela vous ferait du bien. Mon vieil ami Alistair ne dira rien.

— A vrai dire, Elisabeth, ma femme va me quitter. Elle emmènera notre petit garçon et ma fille restera habiter chez moi. Nous devrons faire des gardes alternées. Je suis invité avec mes enfants ce soir chez Robin et Roberta. Ce sera pour une autre fois, avec plaisir !

— Arthur je suis désolée, mais quelle femme pourrait vous quitter, vous êtes un enquêteur hors-pair et doté de beaucoup d'humanité ! Vous m'enverrez votre rapport demain matin. Je vais appeler Alistair, rentrez tous les deux à la maison.

— Merci Elisabeth, je vous retourne le compliment, fit Arthur. Jamais encore nous n'avions à travailler avec une magistrate aussi sympathique, compétente et aimable. A demain Elisabeth. Ce sera pour une autre fois.

— J'y compte bien !

— A demain Elisabeth, et merci, rétorqua Robin.

— Viens Arthur, va récupérer les enfants, Roberta doit être aux fours pour l'instant. Je vais la rejoindre. Encore une chose, elle est plus que sympathique Elisabeth, tu ne trouves pas ?

— Oui c'est une belle et gentille jeune femme, mais pour l'instant je n'ai pas la tête à cela. J'avais remarqué Robin ! A tout à l'heure, merci encore.

— Papa, papa, s'écria Clay. Maman m'a parlé. Je dois aller habiter chez elle mais sans toi et sans Abbi. Le pauvre petit avait le visage rempli de larmes. Je peux emmener *Marley,* je suis content

— Fiston, viens dans mes bras. Tu sais tu resteras certains jours chez maman et d'autres chez moi. Tu reverras Abbigail aussi souvent que tu voudras.

— Pourquoi papa, je ne comprends pas, pourquoi toi et maman ne voulez plus vivre ensemble ? Vous ne vous aimez plus, je suis triste !!!

— C'est compliqué Clay, maman aime un autre Monsieur, tu verras il sera très gentil avec toi. Il a plutôt intérêt.

— Papa, fit une petite voix triste derrière lui.

— Ah ma chérie, viens Roberta et Robin nous attendent. Nous ne rentrerons pas tard, promis.

— Maman a dit qu'elle partait demain matin. Elle a déjà chargé quelques affaires dans une camionnette.

— Je prendrai congé après-demain, il me reste encore des jours à prendre. Je dois juste terminer le rapport sur le meurtre au *Golden Golf Club et* ensuite je serai une semaine avec toi. Cela te convient-il ?

— Super papa. Bravo d'avoir résolu l'enquête aussi vite. Viens, Clay on se verra aussi souvent que l'on pourra, ne soit pas triste, je t'aime mon petit frère.

— Moi aussi. Le petit garçon se lança dans les bras de sa sœur et un sourire apparut sur son visage d'enfant.

Et c'est ainsi que se terminait cette enquête sur le meurtre d'un homme cupide et sans scrupules, que sa propre malveillance et manipulation avaient détruits.

MEURTRE AU LABORATOIRE AMANO DE LONDRES

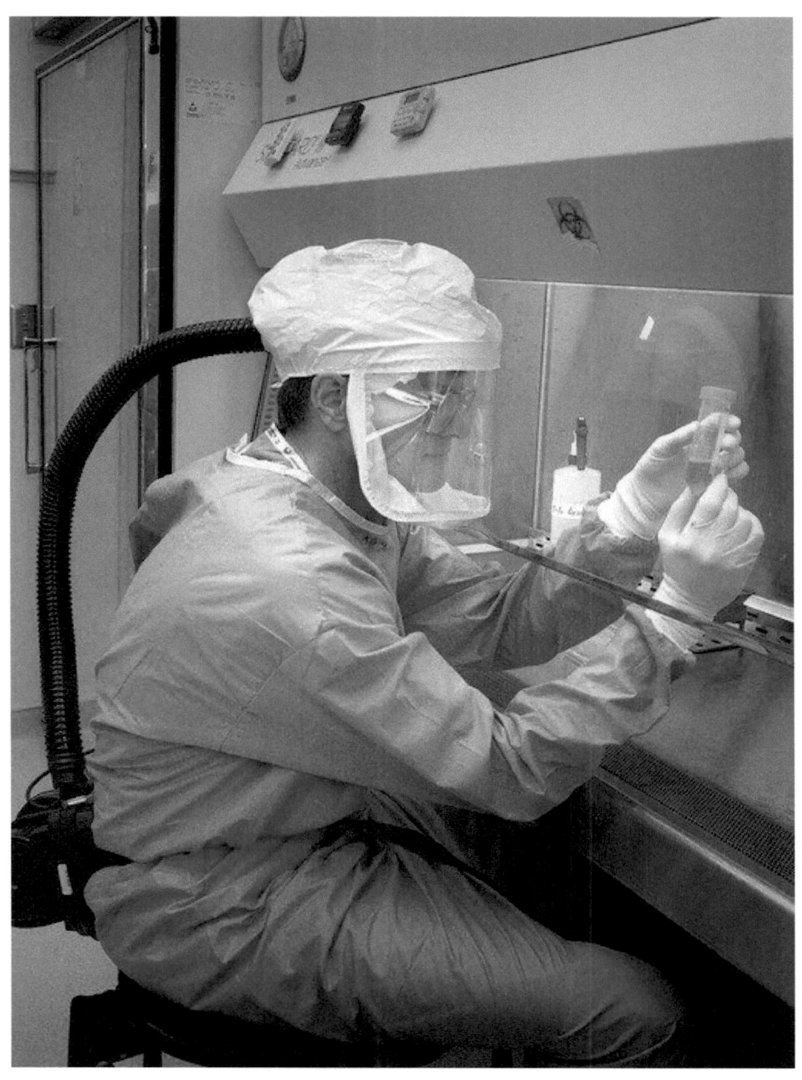

Résumé

Anna Lemon est retrouvée assassinée sur son lieu de travail, le laboratoire *Amano*.

Le meurtrier l'a poignardé. Anna était un bon élément et était appréciée par ses collègues et son employeur.

Qui nourrissait en lui ou en elle une telle haine pour vouloir la supprimer ?

Avait-t-elle découvert un secret ? Est-ce que ce meurtre était lié à sa vie privée ou à sa vie professionnelle ?

Nos enquêteurs Arthur Smith et Robin Hard ne tarderont pas à découvrir rapidement la vérité !

— Papa, papa, tiens, ton portable sonne déjà. C'est certainement le commandant Alistair.

— Merci Abbi. Tu pourrais déjà travailler chez Scotland Yard, ahahaha !

— Oui, bonjour commandant. Où cela ? Oui, je connais ce laboratoire, c'est dans Westminster Avenue. J'arrive tout de suite, le temps de me préparer.

— Papa, ne pars par le ventre vide, attends je vais te faire une tartine et te servir ton café.

— Merci Abbi. Je dois enquêter avec Robin dans un laboratoire. Une employée à été poignardée.

— Je comprends papa, qui dit meurtre, dit heures supplémentaires. Il me reste encore des restes d'hier pour ce soir, ne t'inquiète pas. Je te concocterai un petit menu. Quelle mort affreuse, la pauvre femme !!!!

— Merci Abbi, c'est sympa de comprendre.

— Mais j'essaie de me mettre à ta place, car un jour, je voudrais exercer ton métier. Bon, je prends ma douche et je file ! Je prends le bus, ne t'inquiète pas.

— A ce soir Abbi, et concentre-toi bien à l'école.

— Bien sûr. Dis papa, j'aimerai aller voir Clay après les cours, si maman est d'accord. Je lui ai acheté une peluche avec mon argent de poche. Je ne resterai pas longtemps.

— Mais je n'ai rien contre, appelle maman, je suis certain qu'elle sera contente et Clay aussi.

— D'accord !

— Allô maman, excuse-moi d'appeler si tôt. Est-ce que je peux passer chez vous après mes cours, j'ai acheté une peluche à Clay.

— Bonjour Abbigail, bien sûr, tu peux passer quand tu veux. La nany de Clay te laissera rentrer. Il sera content de te voir ! Tu t'en sors Abbigail ?

— Oui maman je gère. Papa est en mission, il y a eu un meurtre dans un laboratoire. Une femme a été tuée. Tu seras encore au travail quand je vais passer, mais on se verra samedi matin. J'espère que tu vas bien ?

— Oui Abbi, ça va bien, alors à samedi. Bisou et merci !

— Bisou maman

La jeune fille enfila son manteau et prit le bus jusqu'au *St. Chirstoph's college*. Arthur sortit la voiture du garage et se dirigea vers le laboratoire *Amano*.

Robin, Mary, Roberta et Alan étaient déjà en train de faire les premières analyses et sécurisaient la scène de crime. Ray Melchior de la brigade financière les rejoignit. Ils se saluèrent.

— Alors quels sont les premiers éléments de l'enquête Mary ?

— La victime présente des marques de défense sur les mains. L'assassin ne l'a pas épargnée. Il lui a enfoncé un objet contondant dans le coeur, je suppose un couteau. L'heure de la mort devrait se situer entre 20 et 21 heures hier soir. Je pourrai vous en dire plus après l'autopsie. Nous n'avons pas retrouvé l'arme du crime, hélas, mais nous allons fouiller les lieux !

— D'habitude nous devons élucider des empoisonnements, s'exclama Robin.

— Attendez, l'autopsie n'est pas terminée, répondit Mary.

— Très bien, lança Arthur, nous devrons d'abord interroger le témoin qui a trouvé la victime et nous rendre ensuite chez Madame la Procureure pour récupérer un mandat de perquisition. Je vais essayer de m'arranger avec la direction pour que tu puisses commencer de suite, Ray.

— Bonjour, fit une voix grave derrière eux. Je suis Paul Young, le directeur du laboratoire. C'est moi qui ai trouvé notre collaboratrice ce matin vers 8 heures. C'est horrible. Je n'ai jamais vu un massacre de la sorte. Trouvez vite celui ou celle qui a fait cela ! C'est horrible !

— Bonjour Monsieur Young, nos sincères condoléances pour la perte de votre assistante. Lui connaissiez-vous des ennemis ?

— Non je ne vois pas, c'était une collègue sympathique et toujours de bonne humeur. C'est un mystère pour moi.

— Voici les inspecteurs Robin Hard et Ray Melchior. Je suis Arthur Smith. Ray aurait besoin de votre accord pour consulter l'ordinateur de Miss Lemon. L'inspecteur Hard et moi-même devrons aller récupérer un mandat chez Madame la Procureure.

— Bien sûr, plus vite cela sera terminé et mieux ce sera ! Je n'y vois aucun problème.

— Merci Monsieur Young pour votre compréhension, s'exclama Ray.

— Encore une chose, avait-elle de la famille, un mari ? demanda Robin.

— Non, c'était une vraie scientifique, elle ne vivait que pour son métier. Vous pourrez passer après au bureau du personnel, ils vous donneront les informations nécessaires.

— Nous allons chez Madame la Procureure et vous présenteront le mandat de perquisition.

— Allô Elisabeth ?

— Bonjour Arthur, comment allez-vous ?

— Bien, Elisabeth et vous ?

— Ça peut aller, en ce moment il me faudrait un binôme, je croule sous le travail, vous avez besoin d'un mandat ? Qui est la victime ?

— Anna Lemon, une scientifique qui travaillait au laboratoire *AMANO* et apparemment sans histoires. L'assassin lui a planté un couteau dans le coeur. Il vous faudrait aussi une aide.

— Je vais y penser. Venez, je suis au palais de justice. A tout à l'heure.

— Merci Elisabeth.

— Viens Robin, on file au palais de justice.

— Dis-moi Arthur, j'ai l'impression que tu as ta situation personnelle mieux en main maintenant, non ?

— Oui Robin, je me suis fait à l'idée que Béatrice et moi nous nous sommes séparés définitivement. Dommage. mais c'est ainsi, je ne l'aurai jamais cru! Cela fait maintenant 6 mois. Avec Abbigail je n'ai pas de soucis, elle s'est même améliorée en mathématiques. Elle m'aide où elle peut et ne se plaint jamais. Elle en veut moins à sa mère et leur relation s'est améliorée, tant mieux. Claudia nous dépanne bien. Clay est content quand Abbi lui rend visite en semaine. Je sais qu'elle manque à mon ex femme mais elle voulait vivre avec moi, donc, nous respectons sa décision. Elle la voit 2 fois par mois ! Elle est obstinée et déterminée ma fille, je me demande à qui elle ressemble ? ahaha. Quant à Clay je l'ai deux fois par mois. Il a l'air d'aller mieux, j'en suis très heureux. Il vient d'avoir 7 ans et c'est sa première année à l'école primaire.

— Comme le temps passe vite Arthur !

Les inspecteurs garèrent leur voiture devant le palais de

justice. Un vent froid soufflait à l'extérieur ; une multitude de feuilles colorées tournoyaient autour de gros chênes. Il commençait à pleuvoir.

— Bonjour Messieurs, décidément même en automne les crimes ne diminuent pas. Je me demande qui en a voulu à cette jeune femme apparemment sans histoires !?

— Bonjour Elisabeth, fit Robin, dès que cette enquête sera terminée nous vous emmènerons dîner, Arthur m'a raconté que vous crouliez sous la quantité de travail ; cela vous changera un peu les idées !

— Oh, ce sera avec plaisir, mais d'abord, passons aux choses sérieuses, voulez-vous ? Voici votre mandat et comme d'habitude Messieurs, je vous fais confiance. Je vous en ai aussi rédigé un pour le domicile de la victime, voilà ! Comme j'ai accès au fichier des résidents de Londres, je n'avais pas beaucoup de problèmes pour retrouver son adresse. Mais attention, je pense qu'elle vivait avec une amie ou une seconde locataire, j'ai retrouvé aussi un nom, Madeleine Simpson, qui habite à la même adresse. Et tenez vous bien, elle travaille à l'ambassade du *Tamboco,* donc allez-y doucement !

— Nous vous remercions. Vous auriez dû postuler chez Scotland Yard ! Dès que l'on aura des éléments concrets on vous appellera, rétorqua Robin. Et promis, on y va prudemment avec la diplomate, il nous manquait encore une ambassadrice pour ne pas avancer dans l'enquête !

— Mais ne t'inquiète pas Robin, nous trouverons un moyen pour qu'elle collabore.

— Encore une chose, le palais va bientôt m'envoyer de l'aide. Un substitut va être engagé, enfin. Et pour le renfort que je vous avais promis pour votre service scientifique, cela va se faire encore ce mois ci.

— C'est une très bonne idée, répondit Arthur, cela nous fait plaisir ! Et merci aussi pour notre équipe.

— Allez-y, le devoir vous attend, mais avec des gants de velours s'il-vous-plaît !

— Bien sûr, au revoir !

— Elisabeth est nerveuse en ce moment, j'ignore cependant si c'est à cause de la surcharge de travail. Nous irons déjeuner ou dîner avec elle, pas de soucis. Tu sais Robin, laisse – moi un peu de temps. Je dois d'abord me retaper, la séparation avec Béatrice a laissé tout de même quelques cicatrices.

— Oui Arthur, ne t'inquiète pas, c'est juste un déjeuner ou dîner avec une magistrate rien de plus. Mais je vois qu'elle te dévore des yeux !

— Oh Robin, tu es terrible. Cela me fait penser à ce que je t'avais suggéré quand tu avais rompu avec Mandy !

— Oh oui, c'était pareil à l'époque !

— J'espère que le nouveau substitut sera aussi sympathique et compétent qu'Elisabeth, remarqua Arthur.

— Je suis curieux de savoir ce que Ray a découvert ? fit Robin.

— Moi aussi!

Les inspecteurs retournèrent au laboratoire. La pluie avait cessé de tomber.

— Rebonjour Monsieur Young, dit Arthur, voici le mandat signé par Madame la Procureure Wingdale.

— Je vous en prie Messieurs faites votre travail, notre laboratoire n'a rien à cacher.

— Salut Ray, alors qu'as-tu trouvé sur l'ordinateur de la victime ?

— Apparemment ses comptes bancaires n'étaient pas au top ! Elle était dans le rouge. Pour son travail en tant que laborantine elle touchait 2.500 Livres par mois.

— Bon, ce n'est pas le plus haut des salaires, mais pas non plus le plus bas. Je me demande d'où venaient ces dettes ? Etait – elle une acheteuse compulsive ou jouait-elle au casino ?

— Je l'ignore pour l'instant, rétorqua Ray. Je n'ai pas encore terminé, or d'après les premières constatations, elle vivait au – dessus de ses moyens. C'est étrange ! J'ignore pourquoi ? Il va falloir que je creuse un peu plus pour voir dans quoi elle avait investi. Ce qui est encore plus étonnant c'est qu'elle avait découvert un nouveau type de bactérie très virulente qu'elle avait appelé le **PECS20** ! J'ai retrouvé toute la correspondance qu'elle avait effacé, cependannt j'ai pu reconstituer les documents à partir du disque dur.

— C'est quoi comme type de bactérie ?

— Elle est constituée de deux composantes : la peste noire et le choléra !

— Ciel, s'exclama Robin, pourquoi ils associent des bacilles pareilles ? C'est pour faire gagner de l'argent à celui ou celle qui invente un vaccin ? Dans quel monde vivons – nous ? C'est totalement incompréhensible et grotesque.

— Ce qui est encore plus hallucinant, continua Ray, une personne n'a pas fait attention, malgré les dispositions de sécurité extrêmement sévères, et cette bactérie semble s'être propagée à l'intérieur du laboratoire et à l'extérieur. J'ignore encore le nom de cette personne. Je me demande si Monsieur Young était au courant ? J'ai retrouvé un flacon brisé dans une poubelle !

— C'est une catastrophe, s'écria Arthur, hors de lui.

Son visage devint livide. Il transpirait de grosses gouttes

— Je vais appeler le commandant Alistair, répondit Robin. Il devra contacter le ministre de la santé , le premier ministre et Elisabeth bien évidemment. Je lui dirai aussi d'envoyer le service sanitaire ici au laboratoire pour que nous puissions passer des tests et pour la désinfection.

— Merci Robin.

— Vous avez trouvé quelque chose, demanda Young en rentrant dans le bureau de la victime ?

— Oh cela, on peut le dire, c'est une bombe qu'on a découvert, répondit Arthur très remonté. Etiez – vous au courant que votre employée avait découvert une nouvelle fusion d'une bactérie qu'elle avait appelé **PECS20** ? Elle se compose de souches de la peste noire et du choléra !

— Quoi, non elle ne m'en avait pas parlé, je vous l'assure. Je le jure sur la tête de mes enfants. Continuez, je vous en prie.

— Une personne de votre laboratoire n'a pas fait attention aux conditions de sécurité et cette bactérie s'est évaporée et est en train de se propager à l'intérieur et à l'extérieur ? Sans vaccin, je vous laisse imaginer la suite ! L'inspecteur Hard est en train d'en référer à notre commandant qui devra contacter le ministre de la santé et le premier ministre pour avertir la population. Nous devrons tous passer un test et nous protéger. Le service sanitaire va venir sous peu.

— Je me sens mal, c'est incroyable, je vais donner ma démission dès que ce meurtre sera élucidé. Je finirai le restant de ma vie en prison en plus !

— Pas si vite Monsieur Young, votre employée a travaillé dans votre dos, à l'abri des regards. Elle voulait peut-être vendre l'échantillon à un de vos concurrents ? On l'ignore pour l'instant. Nous avons besoin de votre aide. Travaillait-elle en binôme avec un autre collègue ?

— C'est pour cela qu'elle travaillait souvent très tard ; jamais je n'aurai autorisé de telles recherches. Et pour répondre à votre question, oui elle travaillait avec Helen Foster. Ce qui est le plus urgent maintenant, c'est de vous procurer des masques.

Young passa un coup de fil et deux minutes plus tard, tout le monde au laboratoire portait son masque.

— Nous aimerions parler à Madame Foster, s'il-vous-plaît Monsieur Young.

— Bien sûr, je vais lui dire de venir !

— Bonjour Messieurs, je suis Helen Foster, vous vouliez me parler ? Je suis étonnée de devoir porter un masque, pourriez-vous m'en dire un peu plus ?

Devant eux, se tenait une jeune femme d'une trentaine d'années. Elle portait une blouse blanche et ses cheveux étaient remontés en chignon.

— Bonjour Madame Foster. Nous sommes désolés de ce qui est arrivé à votre collègue. Pouvez-vous nous dire sur quoi elle travaillait ? Etiez - vous des collègues ou des amies ?

— Nous travaillions sur un nouveau vaccin contre le grippe. Vous savez les souches doivent être modifiées tous les ans étant donné que le virus mute chaque année. Pour répondre à votre deuxième question, nous n'étions que des collègues.

— N'étiez-vous pas au courant qu'Anna avait découvert une nouvelle bactérie qu'elle avait appelé **PECS20** ?

— Non, je n'étais pas au courant. C'est ahurissant, de quel type de bactérie s'agit-il exactement ?

— Elle se compose de deux souches, l'une est la peste noire et l'autre le choléra !

— Nous n'avons pas les autorisations adéquates car nous ne sommes pas un laboratoire R55, mais R54 donc je me demande comment Anna a fait ? Je me rappelle qu'elle restait souvent tard le soir, je ne comprenais pas pourquoi. Je ne sais rien de sa vie privée. Elle était très aimable et elle aidait tout le monde au laboratoire. Ensuite, tous les essais doivent être validés par une deuxième personne, c'est incompréhensible ! Il y a une autre personne qui est certainement au courant, j'en mettrai ma main à couper, or ce n'est pas moi ! Vous pouvez analyser mon ordinateur et fouiller mes dossiers sans problème.

— Ce qui est dramatique, reprit Smith, c'est qu'une personne n'a pas fait attention aux consignes de sécurité et cette bactérie s'est volatilisée dans la nature.

— C'est incroyable. J'ignore tout de cette histoire, je me sens mal. Des millions de personnes vont être infectées. Il faudra que l'on travaille tout de suite sur un vaccin. Je n'ose m'imaginer les conséquences. Que doit-on organiser en plus selon votre avis ?

— Notre commandant va contacter le ministre de la santé et le premier ministre. Le service sanitaire va venir décontaminer les lieux. Vous en serez tous informés au laboratoire et vous passerez un test et attendez-vous cependant à ce que celui-ci reste fermé aussi longtemps que l'enquête durera. Il se pourrait que votre collègue ait été en relation avec des concurrents, mais pour l'instant l'enquête piétine. Merci de rester discrète à ce sujet ! En ce qui concerne un vaccin, c'est au ministère de la santé de contacter les responsables.

— Très bien, comptez sur moi. Cela veut dire que je dois rentrer à la maison jusqu'à l'élucidation de l'homicide. Ce sera tout ?

— Non restez jusqu'à ce que les tests soient terminés. Les résultats sont normalement instantanés et ensuite, si votre test est négatif, merci de vous présenter demain matin à 10 heures chez Scotland Yard. Vous signerez votre déposition.

— Bien j'y serai !

— Monsieur Young, auriez-vous l'amabilité de passer chez Scotland Yard avec Madame Foster demain matin vers 10 heures pour signer votre déposition en tant que témoin ? Naturellement si les tests sont positifs vous viendrez ultérieurement.

— Oui certainement. Au point où j'en suis, rien n'est plus important maintenant. Mais qu'est ce qui a bien pu se passer dans la tête de Miss Lemon ? Je ne comprends toujours pas. Je me demande qui peut-être cette seconde personne ? L'argent serait donc le mobile du crime ? C'est incroyable !

— Nous allons le découvrir, répondit Robin. Nous nous rendrons au domicile de la victime.

— Avez-vous son adresse ?

— Oui, Madame la Procureure Wingdale est très efficace, elle nous l'a donné !

— Combien de personnes travaillent dans votre laboratoire ?

— Six avec Miss Lemon et moi-même !

— Après la visite au domicile de la victime, nous reviendrons. Nous devrons les interroger toutes, c'est la procédure, Monsieur Young. Restez cependant discret quant à la piste de la concurrence, car elle n'est pas encore confirmée

— Oui   Messieurs,   pas   d'inquiétude.

Soudain, la porte s'ouvrit et le service sanitaire entra. Tous les employés et le personnel de Scotland Yard, passèrent un test. Une heure plus tard le verdict tomba, à part Christian Baxter, les autres personnes étaient négatives. Il fût conduit de suite au St. *Mary's Hospital*.

Dix minutes plus tard, le portable d'Arthur sonna.

— Alistair à l'appareil. Arthur, Robin m'a dit ce qui s'est passé. C'est une des plus grandes catastrophes qu'on n'ai jamais eu ! Je suis heureux de vous savoir tous négatifs, c'est un miracle. Le ministre de la santé et le premier ministre viennent de parler à la télévision. Procurez-vous des masques chirurgicaux au *British Red Cross* et du désinfectant pour les mains, rapidement. Je viens de les appeler, ils en ont assez en stock et sont en train d'organiser des réapprovisionnements !

L'armée, les laboratoires, les pharmacies et tous les hôpitaux de Londres sont mobilisés pour nous procurer le matériel pandémique. Le premier ministre a commandé des masques en Chine et au Japon. Les USA sont prêts à nous aider aussi. L'Europe entière nous a à l'oeil ! Même si nos dirigeants ont négocié le *BREXIT*, l'Europe va nous aider, j'en suis persuadé. Au moins, ils ne sont pas rancuniers. Le premier ministre va signer encore aujourd'hui un décret, pour limiter les sorties des citoyens. Quel désastre ! Les aéroports sont fermés, et les rames de métro, les bus et les trains ne fonctionnent qu'en service minimum pour les employés et travailleurs. L'armée nous est d'une aide précieuse. L'économie va en souffrir également. Les lycées et les écoles vont fermer. Les cours se tiendront par visioconférence. J'ai envoyé un agent récupérer votre fille Abbigail, ne vous inquiétez donc pas. Je suppose que votre fils Clay, c'est sa maman qui s'en occupe. Pour vous aider avec les dépositions des employés de ce foutu laboratoire, je vous envoie Wilder et Benson. Ils attendront cependant la décontamination des lieux. J'ai aussi informé Madame la Procureure et Monsieur Shandra Singh, le maire de Londres quant à cette épidémie. Faites attention en interrogeant la colocataire ou amie de Miss Lemon, elle est membre de l'ambassade du *Tamboco*. Au moindre souci, appelez-moi, je devrai alors appeler le premier ministre du *Tamboco*. C'est une histoire d'État !Il nous manquait plus que cela !

— Merci beaucoup mon commandant pour votre aide ainsi que d'avoir pensé aussi à ma fille. Pour l'ambassadrice, n'ayez crainte, on va l'interroger en tant que témoin pour l'instant.   Madame la Procureure nous en a déjà parlé. S'il s'avère néanmoins qu'elle est impliquée dans ce meurtre nous vous appellerons. Nous sommes choqués de ce qui s'est passé ici. Le directeur n'était pas au courant et il voulait démissionner. Miss Lemon a travaillé en secret sur ce projet. Pour l'instant, nous ignorons encore pour qui et surtout qui a travaillé avec elle en binôme, c'est inconcevable. J'ai suggéré à Monsieur Young de rester jusqu'à la fin de l'enquête. Nous avons déjà interrogé la collègue de la victime, Madame Helen Foster, or elle semble hors de cause. A nous de découvrir encore le mobile du crime ! Quant à l'aide de Wilder et Benson, elle sera très appréciée. Peut-être vont-ils trouver la deuxième personne coupable de négligence., le mot est faible. Nous vous tiendrons au courant dès qu'il y aura du nouveau. Ah j'oubliais, Miss Lemon avait des dettes c'est étrange, Ray Melchior est en train d'éplucher son ordinateur au laboratoire.

— Bien, je vous donne carte blanche, Messieurs. C'est l'affaire la plus grave que vous ayez à résoudre, vous avez toute ma confiance !

— Nous essayerons de ne pas vous décevoir ! Nous allons interroger sa colocataire.

— Bonne chance et surtout soyez prudents tous les deux.

— Oh Arthur, je suis très angoissé, et toi !? Aller interroger une ambassadrice.

— Du calme Robin, on en a déjà vu d'autres. Soyons heureux d'avoir été testés négatifs. Nous allons d'abord au *British Red Cross*. Ils doivent être débordés. Ils vont nous donner des masques et du désinfectant, ensuite nous passerons interroger cette diplomate. C'est un terrain que nous n'avons encore jamais exploré , mais bon, il faut bien une première fois.

— Oh mon portable, décidément : Oui Ray, ah, Anna était accroc à des jeux en ligne, d'où ses comptes dans le rouge, d'accord, je comprends mieux. Merci à tout à l'heure.

— Alors, tiens toi bien Robin, Anna jouait en ligne.

— Tiens donc, c'est pour cela que ses comptes étaient dans le rouge.

— Devant le *British Red Cross* des foules de personnes attendaient impatiemment. Smith et Hard étaient servis assez rapidement car l'enquête ne souffrait aucun retard. L'Ambassade du *Tamboco* se trouvait à environ deux kilomètres. Deux gardes étaient postés à l'extérieur. Arthur et Robin leur montrèrent leur carte, après ils ouvrirent un grand portail noir.

— Bonjour Madame l'Ambassadrice ! Voici nos cartes, nous sommes de Scotland Yard, pouvons nous entrer quelques instants ? Nous devrons vous interroger, excusez-nous. Nous sommes masqués car il y a une bactérie dangereuse qui circule !

— Bonjour Messieurs, oui j'ai vu l'information à la télévision. Que se passe-t-il pour que Scotland Yard vienne me poser des questions ? Vous n'êtes pas sans savoir que je suis l'ambassadrice du *Tamboco !* Je suis donc protégée par mon statut. Je vous en prie, veuillez entrer.

Devant eux se tenait une jeune femme d'une beauté exceptionnelle. De longs cheveux d'un noir corbeau tombaient sur ses épaules. Son teint mat et ses habits de couleur vert pastel étaient époustouflants. Un parfum à la vanille flottait dans l'air.

— Oui, nous savons que vous êtes diplomate Nous devons vous questionner cependant sur la mort de Madame

Anna Lemon. Nous sommes désolés de vous l'annoncer de cette façon.

— Quoi, Anna est morte ? Je me sens mal. De grosses larmes coulaient le long de ses joues.

— Oui, nos sincères condoléances, elle a été assassinée. Le meurtrier lui a planté un couteau dans le coeur.

— Assassinée, par qui ? Je ne comprends pas, elle était d'une gentillesse exceptionnelle.

— Miss Lemon travaillait notamment sur cette bactérie mortelle qui s'est échappée accidentellement du laboratoire, or nous n'avons pas le droit de vous en dire d'avantage, car l'enquête suit son cours. Cette information est donc à traiter avec la plus grande discrétion.

— Bien sûr, je comprends. Anna ne me parlait pas souvent de son travail. Elle rentrait souvent tard le soir. Nous nous entendions bien.

— Pouvez-vous nous dire où vous étiez hier soir entre vingt et vingt et une heure, Madame ?

— Vous savez que j'ai le droit de ne pas répondre.

— Madame, nous vous conseillons de coopérer avec Scotland Yard, c'est important de prouver votre innocence.

— Vous me menacez ? En voilà des façons.

— Non Madame, cependant s'il s'avère néanmoins que vous êtes mêlée à cette histoire, vous pourriez être destituée de vos fonctions. Ils serait donc dans votre intérêt de répondre à de simples questions de routine en tant que témoin et rien de plus. Nous sommes obligés, pour capturer l'assassin, de vous interroger.

— Bien sûr, excusez-moi. Donc, hier soir je dinais avec l'ambassadeur du Sénégal et celui d'Afrique du Sud. Nous étions chez «Marc», un restaurant français. Je vais les contacter pour qu'ils confirment mon témoignage. Je suppose que je devrai me présenter dans vos bureaux pour signer ma déposition, Messieurs ? Je vous ramènerai leurs confirmations.

— C'est très aimable, Madame l'Ambassadrice ! De préférence avec les heures exactes où vous étiez ensemble. Si vous pouviez passer vers onze heures demain matin? Permettez-moi cependant de vous poser encore quelques questions ?

— Oui, faites !

— Quelle était la nature exacte de votre relation avec Miss Lemon ? Je suis désolé de vous imposer cela !

— Eh bien, fit Madeleine Simpson en sanglotant, nous étions des amies de coeur, voilà !

— Nous sommes navrés Madame. Etiez - vous au courant que votre amie avait des problèmes d'argent ? Lors de la perquisition sur son ordinateur au laboratoire, notre spécialiste a trouvé deux comptes dans le rouge. Apparemment elle était accroc aux jeux en lignes.

— Non, je l'ignorais, or Anna pouvait me demander ce qu'elle voulait, je me demande pourquoi elle ne l'a pas fait, enfin c'est trop tard maintenant. Elle avait aussi son propre appartement, cependant je lui ai suggéré d'emménager chez moi, et c'est ce qu'elle a fait il y a deux mois.

— Vous ne vous êtes pas inquiétée hier soir de l'absence de Miss Lemon ?

— Non, elle m'avait appelé en disant qu'elle avait énormément de travail et qu'elle allait dormir sur place. Au laboratoire ils ont des lits à leur disposition.

— En ce moment, je suis en instance de divorce. Vous savez dans notre pays, l'homosexualité est un sujet tabou et punissable. Mon ex mari m'a promis de rester discret. Dès que le divorce sera prononcé je reprendrai mon nom de jeune fille,

Sitombo. Il travaille aux impôts, c'est un anglais. Il est tellement rigide et ennuyeux, je me demande comment j'ai pu tomber amoureuse de lui, soit, c'est le passé ! Mais c'est un gentleman !

— Nous vous demanderons de ne pas l'averti, car nous irons l'interroger aussi.

— Bien sûr, mais quel rapport avec le meurtre d'Anna !?

— La jalousie Madame !

— Je ne pense pas qu'il soit capable d'assassiner quelqu'un. Il a des défauts, mais aussi des qualités, et puis il fréquente quelqu'un, votre mobile est donc caduque !

— Avez-vous son adresse, s'il-vous-plaît ?

— Oui bien sûr, la voici et son numéro de portable.

— Bon, je ne lui dirai rien. Je vois mal Andrew tuer quelqu'un, soit, vous devez faire votre travail, je comprends.

— Avez-vous des enfants, Madame ?

— Non, malheureusement nous n'en avons pas.

— Si vous aviez besoin d'aide ou d'un conseil, voici ma carte, répondit Arthur. Vous pourrez disposer du corps de Miss Lemon dès que l'autopsie sera terminée. Nous vous avertirons.

— Merci Messieurs !

— Encore une chose, nous avons un mandat de perquisition signé par Madame la Procureure Wingdale ! Nous devrons analyser l'ordinateur de votre amie et éventuellement fouiller votre logement.

— Je m'y oppose ! J'en ai le droit, hurla furieusement la diplomate !

— De grosses larmes coulaient le long de ses joues !

— Madame, c'est un homicide et notre équipe doit enquêter. Je pense que vous serez contente que l'on puisse arrêter son meurtrier, non ? Il n'est pas dans nos habitudes de vous nuire, mais seulement de vous innocenter.

— Voici son ordinateur. Pour les fouilles d'accord, cependant ne me saccagez pas les meubles et ne faites pas de désordre.

— Nous y veillerons, l'équipe scientifique ne devrait pas tarder à venir.

Soudain, la sonnette retentit.

— Bonjour Madame, nous sommes de la police scientifique. Nos collègues ont dû vous annoncer notre venue.

— Oui, en effet, cela ne m'enchante nullement, toutefois vous devez terminer votre enquête. Je tiens absolument à découvrir l'assassin de mon amie. Ne saccagez rien, la chambre à coucher est en bois de mahagoni. Merci.

— Bien sûr Madame l'Ambassadrice nous veillerons à ne rien abîmer.

— Alan, Roberta, l'ordinateur de la victime est pour Ray Melchior. Pour le reste allez-y.

— D'accord on y va.

— Bien Madame Simpson, merci pour votre coopération, à demain onze heures en nos bureaux.

— Au-revoir Messieurs et surtout retrouvez vite l'assassin.

— Nous ferons tout notre possible, répondit Robin.

— Quel monde, ils se croient hors d'atteinte ! Bravo Arthur, tu l'as scotchée sur place ! Elle est peut-être un brin trop arrogante, néanmoins je la crois innocente.

— Hum, je ne sais pas encore, répliqua Arthur, la suite de notre enquête nous le dira. Elle n'a pas dû avoir la vie facile dans son pays, et je doute qu'elle y retournera un jour. Elle est plutôt à plaindre.

— Nous avons donc deux pistes, lança Robin. Cette fameuse bactérie, la concurrence et éventuellement un ex mari jaloux, sait-on jamais. Nous en saurons plus après avoir interrogé Andrew Simpson !

— Je commence à avoir faim, quelle heure est-il ?

— Midi trente, pas étonnant, répondit Robin.

— On se trouve sur Picadilly Circus, le *Pizza Hut* n'est pas loin. On y va ?

— Oui, j'aime bien, surtout que ces derniers temps on peut choisir la pâte, elles sont meilleures, répondit Robin.

Soudain le portable d'Arthur se mit à sonner.

— Abbi, tu es rentrée !? Oui, le commandant Alistair avait ordonné ton retour à la maison à cause de cette épidémie. Appelle maman pour Clay, ne sors pas ma chérie. Je m'arrangerai pour ramener quelque chose à manger. Surtout occupe – toi de tes devoirs, c'est plus important que tout le reste. Ah, tu avais déjà mis une lessive en route ce matin. Dis-donc tu penses à tout ! Claudia vient demain, elle pourra repasser. Enfin, je l'espère avec le confinement qui va nous tomber dessus, nous verrons bien comment nous allons nous organiser. Très bien si vous avez déjà reçu les masques et deux bouteilles de désinfectant à l'école. Tant mieux Abbigail, je suis soulagé. N'ouvre à personne. Je sais que tu n'es plus un bébé, mais je m'inquiète, c'est normal. Non, le service sanitaire nous a tous fait passer un test, tout Scotland Yard est négatif. Bisous ma chérie, à ce soir !

— Dis-donc Abbigail est vraiment au top, s'écria Robin.

— Elle fait tout pour me faire plaisir, or je la gâte aussi comme je peux. Jamais elle ne rechigne, ce n'est pas par ce que c'est ma fille, mais elle est ainsi. Elle ne se plaint jamais. Je suis très content qu'elle se soit améliorée en mathématiques. On devra s'arrêter quelque part pour les courses, car je crains fort qu'avec les restrictions on n'ait plus trop le droit de sortir.

— Arthur, commande vite tes courses sur le drive du *MACSTER*. Ils sont ouverts jusqu'à 21 heures.

— Merci Robin, je vais m'y mettre de suite !Ce sera fait en quelques minutes.

Quarante minutes plus tard, nos enquêteurs se dirigèrent vers l'administration des impôts de Londres. Arthur avait prévenu Andrew Simpson de leur venue.

— Bonjour Monsieur Simpson, désolé de devoir vous déranger sur votre lieu de travail, nous aurions des questions à vous poser.

— Bien sûr, de quoi s'agit-il pour que Scotland Yard se déplace jusqu'ici ?

— L'amie de votre épouse a été retrouvée poignardée ce matin au laboratoire *Amano*.

— Quoi, mais qui a pu faire une chose aussi horrible ? J'ai entendu qu'une bactérie virulente s'était vaporisée dans la nature. Je suppose que le meurtre est lié à ceci ? Son amie y travaillait.

— Monsieur Simpson, l'enquête suit son cours. Nous suivons plusieurs pistes. Où vous trouviez-vous hier soir entre vingt et vingt et une heure ?

— Vous me suspectez donc d'avoir assassiné l'amie de ma femme ? Nous sommes séparés depuis 10 mois maintenant et j'ai refait ma vie. Hier soir j'étais avec ma compagne Alison Mac Guyre dans un pub anglais, *l'Armada,* nous y avons mangé des *fish and ships*. Je dirais que nous sommes rentrés aux environs de 22 heures. Après cela nous nous sommes couchés.

— Pourriez-vous nous donner l'adresse de Madame Mac Guire , un numéro de téléphone ?

— Voici !

— Merci, auriez-vous l'amabilité de venir signer votre déposition demain matin vers 9 heures avec elle ?

— Bien, je viendrai avec Alison, pas de problèmes. Trouvez vite celui qui a fait cela. Vous savez Messieurs, je savais depuis toujours que mon épouse était attirée par les femmes. Elle m'avait épousé, il y a 6 ans, pour faire taire certaines rumeurs à son sujet. Dans son pays, l'homosexualité est taboue et punissable. Son père ne lui pardonnera certainement jamais. D'un certain point de vue, elle me fait même de la peine. On ne peut rien faire contre la nature ! A demain Messieurs.

— A demain Monsieur Simpson.

— Alors que penses-tu de lui, Robin ?

— C'est un gentleman ! A première vue, il n'avait aucune raison de supprimer la victime. Je trouve que nous pataugeons. Sans compter sur ces satanées bactéries qui se sont fait la malle. Oh Arthur, j'ai l'impression de vivre un cauchemar. Pourquoi cette jeune femme a été aussi sauvagement assassinée ? Voulait-elle vendre ce qu'elle avait inventé ? C'est à Ray Melchior de nous le dire. Je ne comprends toujours pas qui était la deuxième personne qui avait validé cette horreur !!!

— Cette enquête est l'une des plus difficiles que nous ayons à mener Robin, or je suis certain que l'on trouvera l'assassin ! Quant à la bactérie, si jamais elle sort du Royaume Uni, je n'ose y penser. Viens, on rentre au bureau, on verra ce que Wilder et Benson ont réuni comme informations sur les employés. C'est un bienfait qu'ils ont été engagés car sinon on n'aurait même pas le temps de rentrer à la maison !Je me demande ce que Ray a trouvé d'autre sur l'ordinateur de la victime.

— Bonjour Manuel et Dan, j'espère que vous avez quelque chose d'intéressant à nous raconter ?

— Nous venons d'interroger ses collègues. On n'a rien noté de suspect. Nous devrons passer à l'hôpital quand Baxter sera rétabli. Tous étaient étonnés de la façon d'agir d'Anna. Personne ne la soupçonnait d'une pareille chose. Anna était estimée au laboratoire. Ils viendront tous signer leur déposition demain matin. Tous leurs ordinateurs ont été passés au peigne fin, rien d'anormal.

— Quels sont les noms des témoins ?

— Robert Gregor, Christian Baxter, Prudence Hollister !

— Et toi Ray, qu'as-tu découvert ?

— Pour moi, c'était plus intéressant. Anna Lemon voulait démissionner. Elle avait déjà rédigé sa lettre de démission le jour de sa mort, cependant elle n'a plus eu le temps de la présenter à Monsieur Young, je pense. Elle devait avoir un nouveau poste au sein du laboratoire *SAVE LIVE*. Ces comptes qui étaient dans le rouge auraient rapidement été réapprovisionnés, j'en suis convaincu. Elle était en contact avec un certain Albert Miller. Reste à prouver que c'est bien à ce laboratoire qu'elle voulait vendre sa découverte.

— Bon travail tout le monde, s'exclama Arthur. Robin et moi irons faire un tour chez ce Miller demain !

— Reste à savoir si Young est aussi innocent qu'il prétend l'être, s'exclama Robin ! Et s'il était au courant de sa démission ?

— Vous ne devinerez jamais ce que j'ai découvert en faisant l'autopsie de la victime ? s'écria Mary Collins en entrant dans le bureau. La victime était enceinte de 12 semaines ! J'ai prélevé un échantillon d'ADN.

— Merci Mary. En voilà une nouvelle ! Est-ce que Madeleine Simpson était au courant ? conclua Arthur. Nous avons découvert en outre que Madeleine Simpson et Anna Lemon étaient liées intimement. Ou alors elles avaient convenu ceci ensemble et le géniteur n'a donné que son sperme. C'est un mystère pour le moment. En prenant l'ADN des témoins, nous aurons peut-être un coup de chance et découvrirons le père de l'enfant. Pour une première journée, c'est pas mal. Merci à vous tous car sans votre aide, on n'en serait pas là. Nous allons terminer les dépositions pour demain ensuite nous rentrerons aussi.

— C'est ce que nous allons faire également, répondirent Wilder et Benson.

— N'oubliez surtout pas de prendre les empreintes des suspects.

— Bien sûr, mais nous n'en sommes pas à notre première enquête, répondit Wilder, ahahaha !

— Excuse- moi, mais j'ai peur qu'on oublie des détails qui pourraient nous conduire au meurtrier. D'autant plus que cette enquête est des plus difficiles avec cette fichue bactérie qui s'est volatilisée !

— Pas de soucis, on ne le prend pas mal, Arthur, ne t'inquiète pas !

— Je me soucie plus de cette bactérie que du meurtre pour l'instant, fit Robin.

— C'est ce qu'il faudra éviter Robin car si on se laisse déconcentrer, on ne réussira pas. Ne laisse pas la peur t'envahir et te paralyser.

— Tu as raison Arthur, cela tourne en boucle dans ma tête.

— Tu n'es pas le seul, je me fais aussi des soucis pour ma famille. Je vais passer un coup de fil à Béatrice plus tard.

Une heure après, les dépositions d'Arthur et de Robin étaient terminées et ils s'apprêtaient à quitter le bureau.

— Oh, j'ai oublié de demander un détail à Roberta, s'écria Arthur.

— Allô Roberta, désolé de te déranger à la maison, est-ce que vous avez trouvé un document médical ou une échographie au domicile de l'ambassadrice qui attesterait qu'Anna était enceinte.

— Oui, nous l'avons remis à Mary Collins. Le document était classé dans les papiers personnels de la victime. Cela ne veut pas dire pour autant que Madeleine Simpson était au courant.

— Non, bien évidemment, néanmoins c'est toujours bon à savoir ! Bonne soirée, et ne t'inquiète pas, Robin sera bientôt à la maison.

— Je ne m'inquiète pas Arthur, merci et bonne nuit, à demain.

— Merci Roberta !

— Alors qu'as-t-elle découvert ?

— L'échographie d'Anna Lemon se trouvait entre ses papiers dans un tiroir. Nous ignorons cependant si Madeleine Simpson l'avait vu.

— Nous le saurons demain Arthur. Nous avons avancé.

— Bonne nuit Robin à demain.

— Bonsoir Arthur prends soin de toi et d'Abbi.

— T'inquiète ! Prends soin de toi et de Roberta !

— Arthur passa un coup de fil à Abbigail pour lui dire qu'il allait rentrer. Le clocher de Big Ben afficha 20 heures !

— Tiens papa, je t'ai déjà réchauffé ton dîner. J'ai mangé à 19 heures. J'ai averti maman que j'étais à la maison ! Clay a pleuré, j'avais la gorge serrée, or on doit faire ce que le gouvernement ordonne. Où en est l'enquête ? Et cette bactérie qui s'est faite la malle, cela me donne la chair de poule. Tu aurais pu être infecté, je n'ose y penser. Je n'oublie pas de porter le masque et de me désinfecter les mains.

— Merci ma chérie, tu es imbattable dans l'organisation. On avance à petits pas. J'ai ramené deux paquets de masques et 2 bouteilles de désinfectant! Ensuite je suis passé au drive du *Macster* et j'ai fait quelques courses. Sait-on jamais, si les gens paniquent, il n'y aura bientôt plus rien dans les magasins, mon Dieu quelle catastrophe.

— Oh très bien, comme cela on a tout en stock, bravo papa, tu deviens très moderne !

— C'est Robin qui m'a suggéré de commander au drive et cela a marché !

— Bravo Robin. Au fait, Claudia est venu à l'improviste. Elle n'a pas le temps de venir demain car son mari se fait hospitaliser. Ce n'est pas trop grave m'a t-elle dit. Elle nous a fait des lasagnes et elle a repassé. Elle a enlevé la lessive que j'avais mise dans le sèche linge. C'est sympa. Elle s'organise bien. Je lui ai payé ses heures, tu m'avais montré où était l'argent. Elle sera peut-être absente quelque temps, nous nous en sortirons, t'inquiète, papa.

— Tu es une vrai cheffe Abbi. Tu ne crois pas qu'il faudrait qu'on la prenne plus de temps après le confinement ?

— Non papa, si elle repasse et si elle fait le ménage c'est suffisant. Je m'occuperai du reste le samedi, je n'ai pas cours. Si toi tu ne travailles pas, tu pourras t'occuper du gazon, des fleurs et de l'entretien de la maison.

— Oui mon commandant, mais à une condition !

— Je sais, je ne dois pas négliger mes cours. Ne t'inquiète pas papa.

— Bon j'ai terminé, je vais débarrasser.

— Que veux-tu regarder à la télé Abbigail ?

— Il y a un reportage sur Pompéi ensuite sur l' Egypte ? Le programme se termine vers 22 heures.

— Très bien, on est comme un vieux couple Abbi, ahahahha !

— Oh papa, j'espère que tu te trouveras une autre compagne, je n'ai pas envie que tu ne prennes pas soin de ta vie d'homme.

— N'ait crainte Abbi, pour l'instant laisse moi souffler un peu.

— Le clocher de Big Ben sonna 22 h 30. Les lumières s'éteignirent chez les Smith ! On n'entendit plus que le cri de la chouette au loin.

— Bonjour Robin, as-tu bien dormi, demanda Smith à son coéquipier le lendemain.

— Pas trop, entre cette affreuse bactérie et le meurtre, je t'avoue que cela a tourné en boucle dans ma tête cette nuit. Heureusement que Roberta était avec moi ! Je me suis endormi vers une heure du matin. Je dormirai mieux ce soir, enfin je l'espère.

— Et vous deux ?

— On a regardé deux documentaires et on s'est couchés vers 22 h 30. Je t'avoue que j'ai dormi comme un loir. La nuit d'avant je n'avais pas bien dormi.

— J'ai déjà bien aéré le bureau Arthur. Ne t'inquiète pas pour la bactérie. J'ai aussi désinfecté nos claviers, bureau et écrans.

— Oh, tu fais également dans le ménage, c'est comme à la maison quoi, Robin, ahahahaha !

— Oui exact !

— Bon, remettons nous au travail, Foster et Young vont arriver à 10 heures, Madeleine Simpson à 11 heures.

— Wilder et Benson vont se charger de Gregor et Hollister. Pour le moment, ils ne peuvent interroger Baxter car il est en quarantaine à l'hôpital.

— Et si c'était lui le coupable, lança Robin.

— Cela je l'ignore, la suite de l'enquête nous le dira. Ce n'est pas parce qu'il est infecté que c'est lui notre coupable !

— Je suis curieux de savoir qui est le père de l'enfant ? fit Arthur. Madeleine le sait peut-être ? Je me demande qui a laissé s'échapper cette bactérie ? Quel imbroglio, s'exclama Robin.

— Nous devrons passer aussi chez ce Miller, rajouta Smith. Sois plus positif Robin, nous ne résoudrons pas cette pandémie, c'est aux laboratoires de faire cela via un vaccin, par contre je suis convaincu qu'on capturera l'assassin d'Anna Lemon !

— Pourvu que tous les Dieux du ciel t'entendent.

Après le départ de Foster et Young, on frappa à la porte du bureau de Smith et Hard.

— Bonjour Madame Simpson, prenez place, s'il-vous-plaît.

— Bonjour Messieurs, si on pouvait faire vite, j'ai un déjeuner avec l'ambassadeur du Maroc dans ses locaux ! Les restaurants sont tous fermés, c'est compréhensible.

— Nous avons déjà rempli votre déposition, il ne vous reste qu'à signer. Nous allons vous prendre un échantillon d'ADN.

— Ccomment mon ADN ? Je n'ai pas tué Anna, c'est insensé ! Je refuse!

— Madame l'Ambassadrice, c'est pour mieux vous éliminer de la liste des suspects.

— Nous ne faisons que notre travail, fit remarquer Arthur d'un ton calme. Autre chose, saviez-vous qu'Anna Lemon était enceinte ?

— Quoi ? Non, mais qui est le père ?

— Cela nous l'ignorons encore, cependant nous ne tarderons pas à le découvrir. Notre médecin légiste travaille dessus !

— C'est vrai qu'Anna et moi voulions un enfant, nous en avions parlé. Je suis prise de court, veuillez m'excuser. Nous avions convenu d'une insémination artificielle. J'ignorais qu'elle avait déjà tout prévu ! C'est dommage, l'enfant est mort avec elle !

Deux larmes coulaient le long de ses joues.

— Avertissez-moi s'il-vous-plaît si vous avez du nouveau, Messieurs. Encore une chose, je ne crois pas une minute qu'Anna m'ait trompé avec un homme, on se faisait mutuellement confiance !

— Bien sûr Madame Simpson, pour l'instant l'enquête suit son cours, et malheureusement nous ne pouvons pas vous en   dire   plus.

Les enqueteurs prirent l'ADN de la diplomate.

— Au revoir Madame !

— Alors Arthur, qu'en penses-tu ? Je crois qu'elle est innocente. Elle semblait étonnée que son amie ne l'avait pas avertie de son projet.

— C'est aussi mon opinion, mais bon, l'humain est complexe, nous devons attendre d'en savoir plus sur le père de l'enfant.

— Oulala ! Entre la bactérie qu'elle avait inventé et qui s'est perdue dans la nature, l'amant mystère ou une éventuelle insémination artificielle, un nouvel employeur, nous aurons encore du pain sur la planche, Arthur.

— Viens, on va voir cet Albert Miller, nous lui prendrons aussi son ADN. Comme cela, Mary n'aura pas besoin de se déplacer chez lui.

— Tu crois qu'il va accepter ?

— Robin il n'a pas le choix, s'il est innocent je ne vois pas pourquoi il s'y opposerait.

Nos enquêteurs s'arrêtaient devant un immeuble flambant neuf.

— Bonjour Madame, nous sommes de Scotland Yard. Voici nos insignes. Nous aimerions parler à Monsieur Albert Miller.

— Bien sûr, un moment je vous prie, je vais l'appeler.

— Vous pouvez monter au deuxième étage, l'ascenseur se trouve à votre droite. Monsieur Miller vous attend !

— Merci Madame.

— Bonjour Monsieur Miller, voici mon collègue Robin Hard, je suis Arthur Smith de Scotland Yard. Pourrions-nous vous parler quelques instants, s'il-vous-plaît ?

— Bien sûr, mais je suis étonné que Scoland Yard se déplace jusqu'ici. Comment puis-je vous aider ?

— Je suppose que vous êtes au courant du meurtre d'Anna Lemon, votre nouvelle collaboratrice qui devait commencer à travailler chez vous bientôt ?

— Oui, c'est exact, j'ai lu dans la presse qu'elle avait été assassinée !Dommage, nous avions de grands projets ensemble.

— C'est le moins que l'on puisse dire, votre nouvelle collaboratrice avait développé une nouvelle bactérie hybride qu'elle avait nommée le **PECS20.** Ses composantes sont la peste noire et le choléra. Nous nous demandons qui a validé ce projet tellement dangereux ? Etiez - vous au courant ? Hélas cette fameuse bactérie s'est évaporée accidentellement et maintenant nous avons une pandémie à gérer et un meurtre à élucider.

— Je vous assure que je n'étais pas au courant de cette invention. Bien sûr, Madame Lemon avait postulé ici, nous nous étions entretenus, mais jamais elle ne m'a parlé de son invention. De toute façon, je n'aurai jamais accepté sa découverte car celle-ci représentait un grand danger. Notre laboratoire n'est pas un R55 qui est plus sécurisé, mais un R54. Je jure sur la tête de ma famille que je n'ai rien à voir avec cette découverte et encore moins avec le meurtre d'Anna.

— Pour vous innocenter complètement, nous aurions besoin de votre ADN, s'il-vous-plaît ?

— Mais pourquoi ?

— Ou étiez-vous avant hier entre vingt et vingt et une heures ?

— Quoi, vous me suspectez de meurtre, ragea Miller. J'étais au restaurant *NEW INDIA* avec ma femme et notre fils James. Vous pourrez appeler mon épouse.

— C'est ce que nous allons faire. Monsieur Miller, si vous n'avez rien à vous reprocher je suis convaincu que vous n'aurez rien contre un test ADN ?

— J'aimerai en connaître les raisons avant d'accepter.

— Anna était enceinte !

— Miller était devenu livide et commençait à transpirer à grosses gouttes.

— Et vous croyez que je suis le père . Très bien, Anna et moi nous nous connaissions depuis un moment. Nous nous étions rencontrés à un forum à Genève, il y a un an. Elle m'avait expliqué qu'elle et son amie, Madame l'Ambassadrice Simpson, désiraient avoir un enfant. Je lui ai dit que j'étais prêt à lui donner mon sperme. Elle me faisait de la peine. Madame Simpson n'était pas au courant. Elle voulait lui faire la surprise. Nous sommes allés dans un hôpital spécialisé et tout a été arrangé de la meilleure façon. Je vous assure que je n'étais pas son amant car Anna m'avait dit qu'elle préférait la gente féminine. L'ADN va prouver que je suis le père de son enfant, mais pas son assassin. Donc oui, allez-y avec le test. J'aimerai préciser que je n'ai jamais exigé ni argent, ni droit de visite.

— C'est tout à votre honneur, un vrai gentleman. Nous irons trouver votre épouse pour qu'elle nous confirme votre alibi, ne vous inquiétez pas, elle n'en saura pas plus. Nous n'aimerions pas détruire votre couple. Nous ne l'informerons que des faits principaux.

— C'est très aimable de rencontrer encore des enquêteurs humains, c'est plutôt rare de nos jours. Merci Messieurs.

— Vous viendrez signer votre déposition demain matin à 9 heures ?

— Bien sûr !

— A demain Monsieur Miller. Veuillez rester à la disposition de la justice tant que l'enquête ne sera pas close.

— Arthur, alors qu'en penses-tu ?

— Je le crois innocent du meurtre d'Anna !

— Bon sang, nous tournons à nouveau en rond, Arthur.

— Non, je suis d'avis que nous approchons du but.

— Tu suspectes donc Young, Foster ou un des employés du laboratoire ?

— Patience Robin, laisse-moi faire ! Je n'ai pas encore assez de preuves pour confirmer mes soupçons.

Soudain le portable d'Arthur si mit à sonner.

— Bonjour Clay, oui ça va bien. Il ne faut pas t'inquiéter, je porte un masque, je ne peux pas m'infecter ou infecter d'autres personnes. Oui, nous allons nous voir ce week-end, c'est autorisé, bien sûr que je t'aime aussi. Tu m'as fait un beau dessin, tu es formidable fiston. Et maman, elle va bien ? Parfait, je suis content. Elle est à côté de toi ? Non, ah tu sais faire mon numéro de téléphone, excellent. C'est maman qui l'a enregistré et elle t'a montré comment faire pour m'appeler. C'est une très bonne idée. Tu aimes bien ta «nanny»? Je suis heureux pour toi. Je dois te laisser Clay, j'ai beaucoup de travail. A samedi matin, je viendrai te chercher en voiture. Bisous. Je t'aime fort !

— Super ton fils Arthur ! J'ai suivi la conversation.

— Béatrice lui a montré où était enregistré mon numéro, je suis fier de lui !Leur nounou Gabriela lui a donné un coup de main ! Viens on retourne au bureau, Mary et son équipe devraient normalement avoir terminé les analyses.

— Je veux poser encore quelques questions à Young !

— Tu le crois coupable Arthur ?

— Non, je ne pense pas, je soupçonne quelqu'un d'autre, mais d'abord je dois interroger Young.

— Hum, je meurs d'impatience Arthur, soit, je patienterai. Tu ne veux pas m'en dire plus ?

— Non Robin, c'est trop tôt, je peux me tromper aussi.

— Allô Monsieur Young, est-ce que nous pourrions repasser au laboratoire ? Oui merci, c'est très aimable.

— N'oublie pas de mettre ton masque, Robin.

— Oh, quel cirque, on étouffe en dessous, bref il est indispensable !

Nos inspecteurs garèrent leur voiture sur le parking du laboratoire. Young les attendait sur le pas de la porte. Il était livide et tremblait. Il transpirait à grosses gouttes qui coulaient le long de ses joues. Ses yeux étaient cernés.

— Monsieur Young, vous ne vous sentez pas bien. Voulez-vous qu'on appelle un médecin ?

— Excusez-moi Messieurs, je n'arrive plus à dormir depuis l'assassinat d'Anna. Quand je pense que mon laboratoire sera responsable de la mort de beaucoup de personnes, j'ai envie d'en finir. Je n'en peux plus. J'ai entendu à la radio que 300 personnes sont déjà infectées. Si seulement j'avais été plus attentif !

— Monsieur Young, vous devriez voir un professionnel. Quand nous aurons terminé, nous vous conduirons au *St. Mary' s Hospital.* Je téléphonerai au docteur Mac Guire pour qu'il vous prenne en urgence. C'est un très bon médecin.

— C'est un psychiatre ?

— Vous verrez il vous fera beaucoup de bien.

— Rentrez Messieurs, je vous avoue que je ne sais pas comment faire pour vous aider ?

— Pouvez-vous nous dire quelles étaient les relations entre Helen Foster et Anna Lemon ? Etaient – elles plutôt complices ou alors se détestaient-elles ? Etiez - vous au courant de l'homosexualité d'Anna Lemon, Monsieur Young ?

— Oui j'étais au courant de son homosexualité, elle est venue un jour dans mon bureau, elle voulait que je le sache. J'avais remarqué qu'elle repoussait les avances de mes jeunes collaborateurs, j'ignorais cependant qu'elle préférait la gente féminine. Cela m'avait paru étrange, car connaissant Anna, elle était plutôt du genre discret. Je n'ai pas compris pourquoi elle est venue me révéler ce détail de sa vie privée. Elle m'a dit qu'elle voulait être loyale et transparente vis-à-vis de son employeur. Pour la transparence et la loyauté, c'était plutôt raté. Et pour revenir à Helen Foster, elle lui tournait autour je crois, mais Anna ne l'aimait pas, enfin c'était mon impression. Je peux évidemment me tromper !

— Helen Foster nous a pourtant affirmé qu'elle et Anna n'étaient que des collègues.

— Je les ai vu un jour se disputer, or, j'en ignore la raison.

— Dommage que je ne vous ai pas posé les bonnes questions au bon moment Monsieur Young, nous aurions pu guider l'enquête dans le bon sens. Ce n'est pas dit que Madame Foster soit la meurtrière d'Anna.

— J'aurai pu vous en parler aussi. J'ai supposé qu'en allant interroger ses proches vous découvrirez la vérité sous peu. Cela me gênait de parler de quelqu'un qui venait tout juste de se faire assassiner. Vous pensez à un crime passionnel ?

— Nous allons en avoir le coeur net ? Pourriez-vous nous donner l'adresse de Madame Foster s'il-vous-plaît ?

— La voici !

— Merci de ne surtout pas l'appeler, vous seriez accusé d'entrave à une enquête en cours. Voulez-vous que je vous dépose chez notre psychiatre à l'hôpital Monsieur Young ? Je vais l'appeler de suite.

— Oui, je vous avoue que j'ai besoin de réconfort, je vis seul depuis le décès de mon épouse l'année dernière. C'est très aimable de votre part. Je rassemble quelques affaires, je pense qu'il va vouloir me garder quelques jours à l'hôpital.

— Je vais appeler le docteur Mac Guire, un moment s'il-vous-plaît.

— C'est bien il va vous prendre en urgence, nous vous y accompagnons de suite.

— C'est très aimable, Messieurs.

— Prenez-soin de vous Monsieur Young, souligna Smith Voici ma carte. Si vous avez besoin de quelque chose appelez – moi. Notre service d'aide aux personnes viendra vous ramener ce dont vous aurez besoin. Reposez-vous et ne culpabilisez pas de trop, vous ne pourrez jamais revenir en arrière, désolé.

— Mais j'étais le responsable, j'aurai dû mieux contrôler ! Je vous remercie Messieurs, vous êtes venus juste au bon moment.

— De rien Monsieur Young, nous vous comprenons, répondit Robin.

— Il y aura certainement un procès contre moi pour négligence, j'en assumerai les conséquences. Le laboratoire était toute ma vie ! Tout est parti en fumée !

— Ne vous tracassez pas maintenan, et tâchez de vous reposer. Avec un bon avocat, le jury sera peut-être plus clément avec vous !

— Je ne risque pas de m'enfuir Messieurs, n'ayez crainte, je me sens trop faible !

— Je vais appeler Wilder, je préfère qu'il monte la garde devant la chambre de Young.

— C'est préférable, répondit Robin.

— Je n'aimerai pas être à sa place !

Les enquêteurs se dirigèrent vers le palais de justice, Arthur ayant appelé Elisabeth Wingdale pour avoir un mandat de perquisition en due forme.

— Bonjour Messieurs, voici le mandat et comme d'habitude j'aimerai venir avec vous.

— J'espère que je ne me suis pas trompé sur la meurtrière et ses motivations, sinon vous vous déplaceriez pour rien, fit Arthur. En plus, avec tout le travail qui vous incombe, ce serait une énorme perte de temps pour vous et bien sûr pour nous aussi.

— Mais ce n'est pas grave Arthur, vous et Robin faites du bon travail et si jamais vous vous étiez trompé, tant pis, l'erreur est humaine. Votre flair est connu même au palais de justice , allons-y. Cette fois – ci c'est une femme, donc je ne suis pas en danger.

— Oh que si Elisabeth, faites très attention, une femme en colère qui se sent prise au piège peut devenir une tigresse, s'exclama Robin.

— Vous connaissez mes performances en sport de combat, non ?

— Oui on les connaît, mais inutile de vous exposer inutilement à un danger quelconque !

— J'ai appelé l'équipe scientifique, fit Robin. Ils nous attendent devant la demeure d'Helen Foster.

— N'oublions pas de mettre nos masques et nos gants car la pandémie rôde, lança Elisabeth.

Quelques minutes plus tard la porte d'entrée s'ouvrit. Helen faisait peur à voir. Elle portait des vêtements sales et ses yeux étaient cernés. Elle s'adressa aux enquêteurs sur un ton irrité.

— Que me voulez-vous, je vous ai tout dit, je n'ai rien à voir avec le meurtre de ma collègue.

— Nous pensons que si et nous allons retourner votre maison de fond en comble ; je suis certain que nous allons découvrir des preuves irréfutables, répondit Arthur.

— Qui est cette femme, que me voulez-vous ?

— Elisabeth Wingdale, procureure de sa majesté. N'opposez-pas de résistance, nos inspecteurs ont un mandat de perquisition en bonne et due forme, signé par moi !

— Bien, entrez, faites ce que vous devez faire.

— Vous ne croyez pas que vous devriez dire aux inspecteurs ce qui s'est vraiment passé le jour du meurtre de votre collègue ? lança la magistrate.

Helen ne répondit pas et s'assit sur une chaise.

— Quelques instants plus tard, on entendit Ray Melchior qui appela les inspecteurs qui coururent de suite dans le bureau d'Helen.

— Venez-vite, j'ai trouvé des preuves de la culpabilité de votre suspecte. Elle a validé le **PECS20** ici à son domicile. Je suppose qu'elle l'a copié sur une clé USB et a nettoyé le disque dur au bureau car nous n'avions rien remarqué de suspect. A moins qu'elle n'ait remplacé son ordinateur par un autre, c'est une deuxième théorie ;je pense également qu'elle excellait en informatique. A vous de continuer l'interrogatoire.

— Merci Ray, que ferions nous sans vous !

— Alors Madame Foster, est-ce que vous voulez toujours nier l'évidence. Pourquoi avoir tué votre collègue, étiez-vous jalouse d'elle ou amoureuse et elle a repoussé vos avances ?

— Je ne dirais rien sans la présence de mon avocate.

— Très bien, à partir de maintenant, vous êtes en garde à vue, tout ce que vous direz pourra être retenu contre vous. J'espère que votre avocate vous conseillera de collaborer avec nous. Vous vous imaginez ce que vous avez fait toutes les deux ! Vous avez infecté tout Londres et je pense que les bactéries vont continuer leur chemin beaucoup plus loin. Votre supérieur voulait se suicider, nous sommes venus juste à temps ! Honte à vous ! Vous espériez quoi, la gloire, l'argent facile !?

Dix minutes plus tard, maître Sandra Cunnings se présenta au domicile d'Helen Foster. Après s'être entretenue avec sa cliente, les deux femmes sortirent du bureau.

— Ma cliente veut négocier une remise de peine. La destruction du flacon était accidentelle.

— Bien, mais pas le meurtre, je présume.

— Allez-y Madame Foster, il vaut mieux pour vous de nous raconter la vérité !

— J'aimais Anna, je lui ai avoué mes sentiments pour elle. Elle était étonnée et m'a ri au nez. J'ai vu rouge d'être repoussée car j'ai toujours tout fait pour elle et même plus. Vous vous imaginez les risque que j'ai pris ! J'ai saisi un couteau qui se trouvait à proximité et je le lui ai planté dans le coeur. Dans la précipitation, j'ai renversé le flacon et je me suis infectée. Elle s'est servi de moi, comme j'étais aveugle. Elle m'a jeté comme un vieux torchon.

— Ou est l'arme du crime, le couteau ? demanda Robin.

— Je l'ai jeté dans la Tamise, désolée.

— Vous n'avez même pas tenté de savoir qui pouvait bien vouloir acheter votre invention !? Etiez – vous au courant qu'Anna avait démissionné et voulait commencer à travailler au laboratoire *SAVE LIVE* ?

— Ahahaha, si vous saviez ce qui se passe dans ce milieu ! C'est facile de revendre une nouvelle invention. Non, je n'étais pas au courant de sa démission.

— Vous êtes infectée Madame Foster, remettez un masque, s'exclama Mary Collins. Vous passerez d'abord à l'hôpital de la prison, vous serez placée en quarantaine, ensuite, après votre guérison, vous serez transférée dans une cellule. C'est étrange, pourtant nous avons tous passé un test au laboratoire.

— J'ai changé le kit quand l'employé du service sanitaire était occupé ailleurs, c'est tout. Je savais que vous alliez me suspecter sinon.

— Donc Baxter est négatif, si je comprends bien, le pauvre il doit être content.

— Mais qu'elle misérable femme êtes-vous donc ? lança Arthur.

— Je vous souhaite bonne chance maître Cunnings, vous aurez du pain sur la planche avec votre cliente, s'exclama Arthur.

— Et pour la réduction de peine ? lança la magistrate.

— Vous pourrez plaider «d'homicide sans préméditation» Apparemment, la victime, d'après les dires de votre cliente, s'est servi d'elle. Qui sait, le jury sera peut-être clément ! Pour le délit de la mise en danger d'autrui, ni Scotland Yard, ni la justice ne céderont. C'est tout ce que je peux vous proposer !

— Je soutiens les dires de nos deux enquêteurs, dit Elisabeth

— J'accepte, fit Helen.

— Merci Messieurs, Madame la Procureure, répliqua l'avocate.

— Bien, maître Cunnings, tout le monde y compris moi devrons passer un test. J'espère que personne n'est infecté.

Je vais appeler le service sanitaire du gouvernement pour décontaminer la maison. Heureusement qu'il n'y a pas d'autres locataires présents.

— Je me présenterai de suite au *St. Mary's hospital*, répondit maître Cunnings. C'est sur mon chemin.

— Mary, Roberta, Allan, après votre retour, vous vous ferez examiner aussi.

— Appelez tous vos familles, après on passe au test, s'exclama la magistrate.

— Allô Abbigail, c'est papa. Ne t'effraie pas ma puce, j'aimerai que tu passes quelques jours chez maman. Nous devons tous passer un test contre le **PECS20.** Nous venons d'arrêter la meurtrière qui est infectée. Oui c'est cela, je me fais tester une seconde fois ! Ce test est plus complet.

— Oh papa, je m'inquiète pour toi. Je vais appeler maman, elle pourra venir me chercher. Je ferai ma valise et j'emporterai mes affaires d'école. Je n'oublie pas Cléo, elle tourne en rond, je sens qu'elle sait ce qui se passe.

— Oh Abbi, depuis quand les poissons rouges sont devins, ahahaha ? Dès que j'en saurai plus, je t'appellerai, ensuite je rentrerai, promis. Je ne me sens pas malade ! Alors tu restes calme, d'accord.

— Prends soin de toi papa.

— Toi aussi Abbigail, embrasse Clay pour moi.

Elisabeth appela le service sanitaire du gouvernement qui vint rapidement sur les lieux. Tout le monde passa le test au *St. Marys Hospital.* Ils étaient dans différentes chambres de l'hôpital où ils passèrent la nuit.

— Allô, Elisabeth, lança Arthur. Comment vous sentez vous ? Vous aimeriez être au bureau, et moi j'aimerai être de nouveau en train d'enquêter. A tout à l'heure Elisabeth.

Athur raccrocha, au même moment c'était Béatrice qui l'appelait.

— Merci du coup de fil, j'attends les résultats. Nous avions tous des gants et des masques, je reste confiant. Je suis certain que je serai bientôt dehors et je viendrai récupérer Abbigail. Je te laisse, le médecin vient de rentrer, attends un moment ainsi tu sauras à quoi t'en tenir.

— Bonjour, je suis le docteur Svensson. Vous êtes négatif Monsieur l'inspecteur ainsi que tous vous collègues. Vous pourrez tous rentrer chez vous aujourd'hui.

— Merci docteur.

— Allô Béatrice, je suis négatif, je viendrai récupérer Abbigail au plus vite. Tu es en congé, bien tant mieux pour toi. Je pense que j'irai déjeuner avant, si les restaurants sont encore ouverts, je l'ignore, sinon on emportera les mets pour les déguster au bureau. A tout de suite !

— Alors Arthur, s'écria Robin, il faut fêter cela.

— Oui quand la pandémie se sera calmée, suggéra l'inspecteur en chef. Elisabeth m'a déjà appelé il y a une demi-heure.

— Oh elle n'a d' yeux que pour toi, c'est bien ! C'est la meilleure procureure qu'on a eu depuis très très longtemps.

— Oui exact !

— Viens Robin, on va rédiger notre rapport ensuite on le remettra à Elisabeth.

— Vous voilà vous deux, s'exclama la magistrate, toute contente!

— Et si on passait à la brasserie en face, il est midi, le temps de manger un morceau, lança Robin. C'est moi qui régale ! J'ai vu qu'on pouvait encore y accéder ou alors on peut commander et on dînera au commissariat.

— Bien, c'est parfait, répondirent Elisabeth et Arthur !

— Vos collègues sont déjà tous repartis au travail.

— Oui je sais j'ai parlé à Mary Colins et aux autres ce matin très tôt, répondit, Arthur.

— Qu'elle bonne équipe, fit la magistrate. Le meurtre est élucidé, la pandémie, on va l'avoir encore sur le dos un bon bout de temps malheureusement. Et tout cela à cause de ces deux bonnes femmes, avides de pouvoir ! C'est un scénario digne d'un roman d'Agatha Christie, décidément !

—J'ai déjà appelé Baxter, fit Robin. Il était content et d'après le médecin qui lui a fait le test, il peut sortir aussi bientôt.

Le restaurant n'était ouvert que pour passer commande. Nos enquêteurs et Elisabeth emportèrent leurs plats et ils déjeunèrent au bureau.

— Ah c'était bon, fit Arthur.

— Je confirme, acquiésa la magistrate.

— Vous savez quoi Elisabeth, je vous invite ainsi que Robin et Roberta samedi soir chez moi à la maison. Etant donné que tout est fermé et que l'on n'a plus le droit d'être plus de 10 à la maison, ce sera parfait. Nous serons 6, avec mon fils Clay et Abbigail ma fille. Pour l'instant, nous pouvons sortir avec des dérogations et se rendre chez nos amis.

— C'est une bonne idée Arthur, répondit Elisabeth.

— C'est bon pour moi, je vais avertir Roberta.

— A 19 heures samedi soir, fit Arthur !

— Je suis ravie, fit Elisabeth. Merci pour tout Arthur et Robin !

— Nous allons rédiger notre rapport et je dirai à Wilder ou à Benson de vous l'amener.

— Vous serez présents tous les deux à la conférence de presse, cela me ferait plaisir ? Je suis certaine que mon ami le colonel Alistair n'aura rien contre. Demain matin à 10 heures ?

— Bien sûr !

— Nous allons encore chez Madame l'Ambassadrice. Je préfère lui annoncer la vérité, ainsi elle aura peut-être moins de peine. L'argent ne fait pas tout dans ce monde !

— Allez-y doucement avec elle. Je vais l'appeler avant, je sais qu'elle est caractérielle, mais juste !

— D'accord, à samedi Elisabeth.

— Oh Arthur, je ne te reconnais plus.

— Moi non plus, Robin, ahahahaha !

Les inspecteurs sonnèrent au portail de l'ambassade. Madame Simpson vint leur ouvrir en personne.

— Madame la Procureure Wingdale vient de m'appeler. Merci pour tout ce que vous avez fait. Veuillez me suivre, Messieurs.

— Madame l'Ambassadrice, nous avons appréhendé la meurtrière de votre amie. Elles étaient toutes deux complices. Elle s'appelle Helen Foster et était une collègue d'Anna. La coupable avait validé le projet des bactéries le **PECS20** sur son ordinateur à la maison. Miss Lemon s'est servi d'elle, je suppose qu'elle savait qu'elle était amoureuse d'elle. Quand la meurtrière lui a avoué ses sentiments, Anna lui a ri au nez et elle s'est faite poignarder. Par mégarde, le flacon est tombé par terre.

— C'est ignoble et tout cela pour le profit et la gloire. Je suis effondrée, néanmoins j'aurai moins de peine maintenant car vous m'avez fait découvrir une autre facette de mon amie, qui n'est pas très reluisante. Cela m'attriste. Merci beaucoup Messieurs. Dès que cette pandémie se sera calmée je vous inviterai à l'ambassade avec plaisir ! Mon invitation tient aussi pour Madame Wingdale !

— C'est très aimable Madame, c'est avec grand plaisir que nous acceptons.

— A bientôt Messieurs, et prenez soin de vous !

— Au revoir, vous aussi.

— Je ne m'en reviens pas.

— Elle est pour la justice, répliqua Arthur. Même si elle est caractérielle, cela ne veut pas forcément dire qu'elle est injuste et inhumaine.

Et c'est ainsi que se termina cette triste histoire! L'avidité et la perfidité de deux personnes avait précipité Londres et la terre entière, dans un terrible effroi !

Ce roman est issu de la pure imagination de l'auteur.

Les personnages et situations ont été inventés de toute pièce. Toute ressemblance serait due au fruit du pur hasard.

Je remercie:

Marie-Josée pour sa patience et son aide

Le docteur Streit pour ses conseils

Ma mentor Mahlya de Saint Ange pour son soutien indéfectible

Mes amis et connaissances pour leurs encouragements

BoD pour son aide à l'édition